中公文庫

味と人情

食の時代小説傑作選

細谷正充編

中央公論新社

目次

味と人情

食の時代小説傑作選

蕎麦切(そばきり)おその

池波正太郎

池波正太郎（いけなみ　しょうたろう）

一九二三年生まれ。六〇年、『錯乱』で直木賞を受賞。「鬼平犯科帳」「剣客商売」「仕掛人・藤枝梅安」の三大シリーズのほか、『真田太平記』『雲霧仁左衛門』など著書多数。九〇年死去。

底本

『おせん』新潮文庫　一九八五年

一

蕎麦粉と酒で、お園は生きていた。

蕎麦切でも蕎麦掻きでもよかった。他の食べものは一切受けつけない異常体質なのである。

四年前の安永三年の冬から、東海道藤沢宿、桔梗屋という旅籠で、女中奉公をしているお園であった。

奉公したての頃には、他の女中の饒舌からお園の身上を知った泊り客などが、うるさく問いかけるたびに、お園は、たまらなく哀しく、腹立たしく、

「私の前世は、きっと蕎麦の花だったんでしょうよ」

こう言返して、あとは、不機嫌に、ぷつんと口を閉じてしまったものだ。

お園は十九歳で、故郷の信州・飯山から桔梗屋へ奉公に来た。その頃のお園の痩せた

小さな体は見るからに乾いていて、針のような細い眼が孤独な反抗に光っていた。目尻が引攣れるほど無造作に引詰めた髪の、その自棄な引詰め方にも、自分自身への反抗が漂っていた。

三年たった今では、お園は大分変ってきた。無口なことには変りもないが、朋輩から嫌われるような偏屈なところも薄らいできたし、体には女らしいふくらみもつき、紅ぐらいはつけるようになってきている。

それも、彼女が持つ特技が冴えてきて、その特技が桔梗屋の売りものとまで評判をとるようになったからだ。

わざわざ江戸から、お園のつくる蕎麦切を食べに十二里十二丁の道中をやって来る客も多い。ことに、大山詣りの講中が宿場にあふれる夏の頃は、桔梗屋の書入れどきであった。去年から桔梗屋では、大台所につづく中庭に〔蕎麦どころ〕というのを建増したものである。

〔蕎麦どころ〕の中央には蕎麦切をつくる一切の道具がととのえられ、これを囲んで客が坐る席が設けられてある。

お園は、わが手捌きに見蕩れる客の面前で、宿の若者をテキパキと指図しつつ、縦横無尽に、麺棒と大包丁を振って立働くのだ。

蕎麦粉をこねる、引伸ばして畳み、切って熱湯であげ、冷水にさらした蕎麦の玉を、お園は、ぽんぽんと客に放り投げるのである。

お園の手を放れて飛んだ蕎麦の玉は、必ず客の持つ椀（わん）の中か客の膝（ひざ）の前の笊（ざる）の中へ命中した。誤って他に落ちることは全くない。

こういうときのお園は人が違ったようになる。彼女の瞳（ひとみ）は精気をはらんで輝き、血がのぼった頬が汗に湿って美しかった。

蕎麦を切る包丁の律動的な音が絶えたかと思うと、お園の視線は素早く、空になった客の椀や笊を見出（みいだ）し、その手は傍（かたわら）の蕎麦玉を掬（すく）いとって四方八方へ投げる。また包丁がなる。

客の数が多いほど一点の乱れも見せぬ手捌きの鮮かさは、客の目を奪った。

また、お園が打つ蕎麦の味は、評判を聞伝え、ことさら試食に訪れた、江戸浅草・旅籠町の蕎麦屋〔万屋（よろずや）〕の主人を唸（うな）らせたほどのものである。

蕎麦玉を投げ、再び包丁を摑（つか）むときに、お園は、これを天井すれすれにまで放り上げ、落ちてくるのを受けとめて、間（かん）、髪（はつ）を容（い）れず蕎麦を切りにかかる。包丁と蕎麦玉が同時に飛ぶこともあった。

包丁のきらめきと蕎麦の玉と麺棒とが、空間で魔術のように操られ、客はどよめいた。

お園の、活力に満ちた鮮烈な動作は客の食欲をそそり、客を酔わせた。

藤沢宿桔梗屋のお園といえば、蕎麦好きの江戸のものの口の端にのぼるようになったし、桔梗屋の繁昌ぶり、この二年ほどの間に、二十人がやっとだった客部屋が七十人から八十人の客を入れるほどに建増しされたのを見てもわかる。

藤沢宿には本陣の前田源左衛門の他に、大小七軒ほどの宿屋があるのだが、いずれも桔梗屋のすさまじい進出に圧迫された。

「桔梗屋は、見世物で客を釣り上げていやがる」

「あの蕎麦切女中が、どこかへ嫁に行ってくれさえすればいいのだが……」

「柏屋さん。蕎麦粉しか喰えないあの女を嫁に貰い手があるものかい」

「それならひたち屋さん。あの女が婆さんになり手足が利かなくなるまで、われわれは指をくわえているのかね。冗談じゃない、乾上っちまうよ」

と、こんな同業者の鬱憤が、どんな形に移行するか、などということは少しも念頭になく、桔梗屋の主人・治太郎と女房のおないは、商売の盛況に陶酔していた。

「お前の遠縁だからというので、四年前にお園を引取ったときには、私もいい気持じゃアなかったよ。けれども、こうなって見ると、お園は福の神だね」

「あの子を甘やかせちゃアいけませんよ。あんな片輪ものを引取ってやったのは、よくよくのことなんですからね」

信州・飯山城下で石屋渡世をしていたお園の父親が後妻を貰い、二児をもうけてからは、お園の立場がいよいよ苦しいものとなった。

むろん近在の農家でさえも、お園の異常体質は嫌悪（けんお）されたし、家を出て縁付くことも出来なかったのである。

特異体質だが丈夫でよく働くということなので、桔梗屋が引取ったわけなのだが、相模国（さがみのくに）は昔から蕎麦を好む風俗もあったことだし……。

「一日に蕎麦切と酒一合で、福の神が鎮座ましまして下さるのだから、こたえられないね」

「どうせ嫁にも行けないのだし、うちで飼殺しにするより仕方がありませんねえ」

ひそかに、こんなことを語り合っている主人夫婦に、しかしお園は感謝していた。

飯山にいた頃の、激しい絶望にさいなまれていた自分を考えると、どうにか生きて行けそうな気がしている今の自分が夢のようにも思われる。蕎麦を打つばかりでなく、客をもてなす一つの芸として苦心の工夫をしてみたのも主人に報いたいからであった。

小娘だったお園が何度も自殺しかけるたびに、その気配を察し、おろおろと止めにかかった気の弱い父親も、この春に病死していた。

そのときも、お園は故郷へ帰らなかった。

二

その年の秋に、小田原城下の蠟燭(ろうそく)問屋へ嫁いでいる桔梗屋治太郎の妹が子を産んだ。

その祝いをかね、治太郎の女房が小田原へ出かけた。二日ほど滞在し、女房のおないが藤沢へ帰って来ると、宿場の手前の引地(ひきじ)村の外れにある〔やくし橋〕という橋のたもとで、桔梗屋が置いている四人の飯盛女(めしもりおんな)のうちの、おだいというのが女房を待受けていた。

「何をしているのだい、こんなところで……」

女房は叱(しか)りつけた。

夕闇(ゆうやみ)も濃くなってきている。

「それが、おかみさん……こんなことを言っていいかどうかわからないんだけど、店へお入りンなる前にね、ちょいと、耳に入れておきたいことがあったもんだから……」

と、おだいが秘密めかして言う。

女房は、後ろにいる店の小者に荷物を持たせて先に帰した。

「何だい？　言ってごらん」

ぶらぶらと宿場へ向って歩きながら、女房は催促した。

「へえ——じゃア言いますけれどね。実はねえ……」

お園と主人の治太郎が密通していると、おだいは言った。

「そう言っちゃア何だけど、あの体してて、おかみさんにも、あれだけ世話をかけてるお園さんでしょ。なのに、まるでおかみさんを踏みつけにしたあれだもんだから、私も黙っていられなくなっちゃってねえ」

「フム。そうかえ……」

「今度が初めてじゃアないんですよ。今までにも……でも何だか私も言い辛かったもんだから……」

「フム。そう……」

宿場の灯が見えるところまで来て、女房は、おだいに固く口止めをし、先へ帰した。

豊満な体をしているおだいは飯盛の中でもよく売れていて、桔梗屋名物のお園に張り合い、仲がよくないことは女房も知っている。自分の留守に二晩もつづけて、治太郎の寝間へ入るところと出て来るところを見た、というおだいの言葉を、そのまま信じてよいものかどうか……。

治太郎は前にも、遊行寺下の料理屋の女に手を出して、夫婦の間でもめたことも両三度はある。

(ないとは言えないけれど……)

一時は、一散に駈け戻り、治太郎の胸倉をとってやろうとも思ったが、うっかり早まったことをして、お園が出て行くようなことになったら取返しのつかぬことになると、女房は考え直した。

何しろ、お園の蕎麦切で繁昌している店だ。

女房は気ぶりにも出さず、店へ帰った。

冬が来た。

寒くなると中庭の〔蕎麦どころ〕の炉に火が入る。夏場ほどのことはないのだが、それでも泊り客の夕飯は〔蕎麦どころ〕になることが多いのである。

年も押し詰った或る日のことであったが、蕎麦を切っているお園が急に吐いた。馴染客が四人ほどいて、挨拶に出ていた女房の顔色が変った。

(お園のやつ、悪阻だ!)

それでもまだ女房は黙っていた。

年が明けると、お園の妊娠は確定的な噂となった。

「白状したらどうなんです!」

女房に問詰められ、治太郎は、

「馬鹿を言うもんじゃアない。何を証拠にそんなことを言い出すのだ」

「おだいが、みんな話してくれました」

「何だと!! よし、おだいを呼べ」

治太郎と相対しても、おだいは一歩も退かない。今更、お逃げになるなんて旦那さんは卑怯じゃありませんかと、反って治太郎に喰ってかかった。

激怒した治太郎がおだいを撲りつけ、蹴倒した。それでも退かない。また撲った。治太郎の怒りが発散すればするほど、女房の疑惑は深まり、強硬に自説を曲げぬおだいへの信頼が増加した。

女房もついに我を忘れた。

お園が呼びつけられた。

お園は黙っていた。

身ごもっていることは確かに認めたが、誰の子だとは言わない。しかし治太郎の子ではないと言い張るのである。

「言っておくれよ、お園。お前が言ってくれないのじゃア、私が困る」と、治太郎も終いには哀願の調子になったが、頑として応じない。

このときのお園と治太郎の様子を、冷静に観察すれば、二人の間にはやましい関係がないということが看取された筈なのだが……。

永い間、疑惑を打消しつつ、お園を失うことの危険さを計って鬱積した女房の怒りだけに、それが爆発すると後戻りが出来なくなってしまっている。それでも、

「出て行け！　お前なんか……」と叫んだとき、女房の脳裡には、ちらりと夏場の大山詣りの講中が、舌鼓をうってお園が打つ蕎麦切を啜り込んでいる情景が浮び上った。

(早まっちゃアいけない……)

ハッと気をとり直したときに、お園が両手をつき、叫ぶように言った。

「おたのみ申します。このまま置いてやって下さいまし。いっしょうけんめい、これからも働きます。働かせて下さいまし。子供を育てさせて下さいまし」

もしもお園が、出て行けと言われて、しょんぼり立上ったとしたら、女房は何とか止めにかかったであろうが、日頃無口なお園にしては必死の気魄がこもった嘆願に、女房は一寸気圧された。気圧されたことに女房は癇をたてた。

「図々しいやつだ。出て行け。出てお行き!!」

傍にあった算盤を摑み、女房は厭というほどお園の頭を打った。

「おかみさん……」

ひるまずに尚も哀願しようとするのへ、女房が叩きつけるように言った。

「片輪ものが哀れだと思えばこそ養ってきてやったのに、お前は、恩を仇で返す気なのか!!」

ここで、お園の上気した顔のいろが、さっと鉛色に変った。

「おない、お園を手放して、どうするつもりなのだ」

あわてて治太郎が中に入ったが、遅かった。

こうなれば女房も狂人のように喚きたてるばかりだし、寒中にびっしょり汗をかいた治太郎が女房を説き伏せようとかかっているうちに、すーっとお園の姿が消えた。

帳場から土間、廊下までも女中や泊り客が詰めかけてざわめいている中を潜り抜け、お園は手回りのものも持たず、裏手から寒夜の闇の中へ消えて行った。

三

それから十日もたたぬうちに、藤沢から一里二十余丁を江戸に寄った戸塚宿の入口にある吉田橋手前の〔こめや〕という茶店で、お園の蕎麦切が始まった。
あの夜——桔梗屋を出て、遊行寺の門前町をまっすぐに走り抜け、山門から高い石段を一気に駈け上ったお園は、降り出した雪にも気づかず、本堂前の大銀杏の下に立ちつくして動かなかった。首をつろうか、それとも相模川へ身でも投げようか。どっちにしても桔梗屋を追出されては片輪の身の置きどころもあるまいと思い詰めたのだが、勇気をふるい起して雪の夜道を戸塚宿へ歩み出したお園の胸の中は、体内に宿っている小さな生命を感ずることではち切れそうになっていたのだ。

お園の相手の男は、藤沢宿に住む若い按摩であった。

桔梗屋へも出入りしていたこの按摩は、引地村の農家の納屋に独りで暮している。去年の夏に、お園から誘ったのだ。

飯山にいた頃から、お園は男に騙されつづけている。お園の弱点を男達は巧みに利用するのであったが、藤沢へ来てからのお園は泊り客の誘惑にも耳をかしたことは一度もない。

(男なんて、こりごりだ)

やせ我慢である。男にもてあそばれて熟し切った体は四年間も耐えてきていたのだ。

その日――大山への別れ道がある四ツ谷の休茶屋〔羽取屋〕というのが主人の親類なので、そこへ使いに出た帰り途に、雷雨があった。

街道から切れ込んだ農家の納屋へ飛込むと、按摩は、まだ少年のように硬く白い裸体のまま昼寝をしていた。耳を裂くような雷鳴にも眼をさまさない。すやすやと寝息をたてている。

じいっとこれを見詰めていたお園は黙って近寄り、按摩の腕を静かにひろげ、その腋を舌と唇でねぶりながら胸いっぱい男の匂いを吸込んだ。

「あ……誰？」

「お園よ、桔梗屋の……」

「お園さん、か……」

「黙って——ね。いいこと教えてあげる」

荒い呼吸を吐き、お園は按摩を押えつけて、のしかかっていった。

お園は男のようにふるまった。

それから暇を盗み、何度、あの納屋へ忍んでいったろうか……。

身ごもったとわかったとき、反ってお園は狼狽しなかった。

（生んでやろう。私が生む子供は、きっと米の飯も食べるだろうし、味噌汁だってすする）

先ず、おかみさんにだけは話しておかなくては——話せばわかってくれるだろう。

遠い血つづきなのだし、私の働きぶりだってみとめてくれているのだからと、そう思ううちに、おだいが根も葉もないことを密告したのである。

おだいを買収したのは、藤沢宿旅籠の主人達であった。事実無根の煽動工作だったのだが、お園の妊娠がわかっても、「瓢箪から駒が出たね。桔梗屋さんも罪なことをしたものだよ」と、こういうことになってしまった。迷惑なのは治太郎だが、おだいすらもお園の相手は主人だと決め込んでしまっている。おかみさんが小田原へ行っている隙にさ、私ゃねえ、二度も見つけちまったんだよ。それがさ、お園のあまめ、腰巻ひとつで出てきやがって——と、おだいは宿場中にふれ廻った。自分の言うことが嘘か本当か、そのけじめもつかなくなっているのだから、あの夜に主人へ喰ってかかり一歩も退かなかったおだいなのである。おだいは約束の五両を貰い、そのうち二両余の借金を桔梗屋に払って、さっさと平塚の飯盛旅籠へ鞍替えしてしまった。

戸塚宿〔こめや〕の蕎麦切は大繁昌となった。

ここは休茶屋なのだが、お園が女中にして貰いたいと駈け込んで来たときに、主人は二つ返事で引受けてくれた。主人の伊兵衛は六十がらみの老人で、藤沢へもよくやって来たし、お園も顔だけは見知っていたので藁をも摑むような気持で飛込んだのである。

この頃、宿場で働く女中の給金は年一両弱というところなのだが、伊兵衛は二両出そうと言ってくれた。

お園は眼を見張った。

（あたしにも、それだけの値うちがある!!）

お園の指図で〔こめや〕の土間も、桔梗屋の〔蕎麦どころ〕風につくられ、お園が打つ活力にあふれた麺棒の音は、街道を歩む旅人の耳にひびいた。

そうして、お園は流産をした。

（なあに、また産めばいいんだ）と、お園は思う。

〔しなの坂〕の休茶屋からも誘いの手がきた。藤沢の先の〔南江（なんこ）〕の江戸屋からも密（ひそ）かに手を廻して、お園を引抜きに来た。

〔こめや〕ではお園の給金を三両に上げて、これを防いだ。

桔梗屋の一件も、またたく間に知れ渡り、戸塚宿でもお園の評判は高い。若者達がお園を見物しがてら蕎麦を食べにやって来る。

お園は体中に自信がみなぎりわたってくるのを感得した。自信が得意に変るのに手間暇はいらなかったようである。

「旦那!!　忙しいんですから、少しは手伝って下さいよ」

手伝いの少女を叱り飛ばしながら、お園は伊兵衛にも荒っぽく声をかけるようになってきた。

春が過ぎようとしていた。

戸塚宿の本陣沢辺九郎左衛門から呼出されて、伊兵衛が出向くと、お園を解雇しろという強制なのである。

お園のような淫奔な女がいては、宿の風紀が乱れる、宿役人も承知の上だから早々に追放してしまえ、もし承知しなければ〔こめや〕がきっと困るようになる——というのであった。

〔こめや〕とお園に対する嫉妬反感が原因であることは言うをまたない。

一度は、はねつけてきたものの、本陣を中心に旅籠や茶店が結束しているのだから、伊兵衛も困った。

これを聞いて、お園は、さっさと辞職を申し出た。

給金も日割にしてきちんと受け取った。

「それにしてもよ、ほんとに、全くなあ。わしは残念で残念で、涙が出てくる」

しきりにこぼす伊兵衛に、

「でも旦那。大分儲けたからいいじゃありませんか」

流行の櫛巻に、きりりと髪を束ねたお園は小さな荷物をさげ、後も振返らずに街道へ出て行った。

伊兵衛夫婦は嘆息して、うららかに雲雀（ひばり）が囀（さえず）る空の下を藤沢の方へ去るお園を見送ったのである。

お園は、間もなく、藤沢宿へ入った。

道を行く宿場の人びとが指さして囁（ささや）き合うのには目もくれず、すたすたと桔梗屋の前へ来ると、店先へ出て来た女房のおないと、ばったり出会った。

「おかみさん、しばらく――」

「な、何しに来たのだい、お前は――」

「桔梗屋もさびれたそうですねえ」

「な、何だって……」

お園が去ってから後、現金なもので桔梗屋は火の消えたようになっている。

春の陽がこぼれる店先の向うに、土間が森閑と口を開けている。治太郎の姿も女中の影も見えなかった。

女房が白い眼をむき出し、

「盗人（ぬすっと）たけだけしいとはお前のことだ。よ、よくも此処（ここ）へ……」と摑みかかる手を振払い、お園はおないの頬にピシリと平手打をくわした。

「…………」

声も出なかった。

おないは頬を押えたまま、虚脱したように立竦(たちすく)んでいる。

「おかみさん、さようなら」

宿場を出て引地村まで来たが、若い按摩が住む納屋を、お園は見向きもしなかった。

四

一年たった。

この年、安永八年の夏から、お園は、平塚宿の旅籠、相模屋(さがみや)幸右衛門方で働いていたようである。

この間に、二度や三度は働く場所も変っていたろう。藤沢から二十一里余も先の、吉原宿、甲州屋という休茶屋で蕎麦切をやっていたこともあるようだ。

とにかく、お園は憂鬱(ゆううつ)であった。

働き場所が落着かないのは、いずれも藤沢や、戸塚のときと同じような事態が発生したばかりではなく、働き先の旅籠や茶屋の使用人達とも折合いが悪く、そんなときには、

「そんなに私のことが憎らしいのか。お前さん達にア出来ない芸を、私はもっているのだ。少しばかり給金が多いからとか、旦那が大事にするからとか、目くじらをたててやきもちをやくのなら、私と同じことをやってごらんな。口惜しかったらやって見せてごらんよ」

気にいらないことがあると、

「お暇をいただきます」

さっさと出て来てしまうのである。

お園の評判は悪かった。

けれども、お園の蕎麦切は、江戸に近い東海道筋で名を売っており、事実、お園が働く店は、たちまちに客の入りが違った。

お園は、何人もの男と遊んだ。

誰の子でもいいから産んで育ててみたい、子を育てることによって、生甲斐をおぼえたいという、あの若い按摩の子を宿した頃の気持からではない。生活への自信と歩調を合わせて、女盛りの欲情が野放図になった。

わざと胸を張って、自分が打った蕎麦切を食べ、一日一合の酒をのむ。いや一合が二合になり、三合になっていた。

相模屋では、今まで彼女を使って失敗した旅籠や茶屋の先例を熟知していた。

　主人の幸右衛門は宿でも顔利きの方であったし、お園の蕎麦切もあくどい儲けに利用するということをせず、一定の客が来れば、あとは他の旅籠へ廻すというようなやり方だったので、宿場の同業者達からも余り恨みを買うようなことにはならなかった。

「それにしても、お前の体というものは、どうして、そんな風になってしまったのかね。生れたときからかい？」

　温厚な主人に問われて、お園は、

「ごく小さい頃は、麦もお米も食べていたおぼえがあります。けれど私の故郷は、御存じのように毎年の将軍さまへの献上にも蕎麦を差上げる位の、つまり名物なもので……私も大好物なんでした。それが……私が五つのときでしたか、継母が来たんです。大嫌いでした、私……」

「いじめられたのか？」

「まあ、どこの家にもあることかも知れませんけど……とにかく、その頃からなんです、麦やお米をみると吐気がするようになりました」

「継母が来てからというのは……何か、わけがあったのだろうかねえ」

「わかりません。何時とはなく、他のものが食べられなくなってしまって……」

　勝手に蕎麦粉をこねて食べ、夕飯の膳にも継母と顔を合わすのを避けているお園を見て、

継母が意地になり、蕎麦掻きばかりをお園にあてがい、他のものは、菓子も魚も、

「どうせ、お園ちゃんは食べんのだから……」と、仕舞い込んでしまうということになった。

お園も意地になった。死んでも他のものは食うまいと決心した。また、それが少しも苦痛ではなかったのである。

「酒は？」

「藤沢の桔梗屋さんへ来てから、お客さんのお酌するときに……それで好きになりました」

年頃になってからは、お園も気づいて、何とか他の食物をと努力してみたものだが、駄目であった。

十六のときであったか、無理矢理に鮭（さけ）一片（きれ）と飯を腹に押込んでみて、死にかけたことがある。下痢が何日もつづき、高熱を発し、父親の親身な看病がなかったら、助からないところであった。

「まあ、永く居てみておくれ。幸い、この宿では、お前も爪弾（つまはじ）きをされずに済みそうだからね」と、幸右衛門は言ってくれた。

「ええ」と答えたが、不満であった。

せっかく自分が来たのだから、もっと手をひろげ、厭というほど儲けてもらいたい。そうなれば給金の値上げも言い出せよう。このままでは、名物扱いにしてくれない自分の名が街道筋から消えてしまいそうな気がしてならない。

それでもお園が来てからは、相模屋の景気が良くなってきている。

幸右衛門としては着実にお園を利用しようとして慎重な態度をとっているのだが、お園にはわからなかった。もっと華ばなしく自分を活躍させてもらいたいのである。提案した〔蕎麦どころ〕の建増しも、幸右衛門は、

「まあ、もっと先になってみてからのことだ」と、取合ってはくれない。給金も前のところよりは安かった。

(ふん。そのうち、もっと良いところに代ってやるから……)

お園の自負も大分傷けられたようだ。

その年の初秋——毎日毎夜降りつづく雨の中を、相模屋へ泊った浪人者があった。

背の高い、頬骨の突出た青黒い顔つきの、その浪人者の顔には、お園も見おぼえがある。桔梗屋へも一、二度泊ったことのある男であった。

着流しのままの草履ばきで、絵具と筆の入った包みを下げている。大小は差しているのだが、いえば旅絵師と同じことをして旅を暮しているらしく、藤沢へ来たときも遊行寺

の庫裡の襖を描いたとか描かないとか——お園も耳にはさんだことがある。浪人は、桔梗屋へ来ると、きまって飯盛女を抱いた。

「お前、ここに来ていたのか」

浪人は、お園を見つけると、すぐに言った。

お園は黙ってうなずいただけであった。男のくせに妙に赤い唇が何時もぬらぬら濡れている感じで、桔梗屋へ泊ったときも〔蕎麦どころ〕で麺棒をつかいながら、他の客にまじり、こちらを凝視しているこの浪人の厭な眼つきを、お園は忘れてはいなかった。

「お前、だいぶ男狂いをしたのだってなあ。藤沢で聞いたぞ」と、浪人は囁いた。

階段を上ったところの廊下だったし、お園は思い切り浪人を睨みつけて階段を駈け降りて来てしまった。

夜が更けてから、お園は終い湯に入った。

雨が跡絶え、中庭で虫が一匹だけ鳴いている。

女中部屋は、中庭の渡り廊下を右に折れた突当りにある。

泊り客も少なく、帳場にぽーっと灯が滲んでいるだけで、滅入るように、あたりは静まり返っていた。

渡り廊下で、いきなり、お園は首筋のあたりを撲られて失神した。

気がつくと鞴のような男の呼吸が耳元で喘いでいる。脂臭い蒲団の中だ。着ているものは剝ぎとられ、素裸のお園の下腹を男の手が這い廻っている。まっ暗な部屋の中であった。

「な、何するのだい!!」

「黙れ、黙らんと、また気絶させるぞ」

あの浪人の声であった。

「いいだろう、な――一度、一度、抱いてみたかったのだ。前からな。な、な……」

お園は黙って身じろぎもしなくなった。

男の肌身も恋しいときだったが、こんな奴から、しかも無体に挑まれるのはたまらなかった。若い按摩に自分から挑んでいってからのお園は、男の自由になるというよりも、男を自由にしたいという欲求の方が強くなってきている。

温和しくなったお園を見て、浪人は安心したらしい。しきりに淫らな囁きを繰返しつつ、裸の腰をお園の両股へ割り入れようとした。

お園は息を詰め、両股をひらいた。

「おう、おう。よしよし……」

よろこびの呻きと共に、自分の体へ入り込もうとした男のそれを、お園は素早く摑み、力一杯急所を握りつぶした。

「わあッ!!　わ、わ、わ……」

体を棒のように突立てたかと思うと、一度は海老のように曲げ、浪人は苦悶した。

暗がりで困ったが、お園はガクガクと震えながら、やっと自分の着物を抱え込み、「馬鹿!!　いい気味だ」と言い捨て、廊下へ出た。大きく息を吸って吐き、しゃんと体を立直した。震えが止った。

「ざまアみやがれ」

呟いて、すたすたと二階の廊下を階段口へ向ったとき、

「待て、こいつ——よくも、うぬ……」

這うようにして廊下へ現われた浪人が、お園の足を何かで叩いた。

「あッ」

倒れて、起き上って、

「番頭さあん!!」

叫びながら柱につかまって、微かに灯が浮いている階段口へ逃げようとしたお園の右腕が、ぐーんと痺れた。激痛が、お園の体を貫いた。

血だらけになって、お園は階段を転げ落ちた。

五

右腕は肘のところから斬落され、他に肩口を浅く斬られていた。

浪人絵師は逃亡したが、大磯の先の押切川を渡り、大山への道へ切れ込んだところで逮捕された。

相模屋幸右衛門は、それでもお園の介抱をよくしてくれた。

冬の足音が鋭い風に乗って、東海道へやってきた。

ようやくに、お園の、斬落された二の腕の傷口も癒えかかった。

（左手一本じゃアどうにもならない。死のう‼　それより他に道はありゃアしないもの）

小女のおよしに助けてもらい、お園は、ぼんやりと、煮魚で粥を食べていた。

障子が風に鳴っている。空は曇っているらしい。

だらりと下った寝巻の右の袖口に、お園は眼を移した。まだ、そこには——大包丁を握ったときの、冷んやりと濡れた蕎麦の玉を摑んだときの、麺棒を操ったときの感触が、手応えが、まざまざと残っているような気がする。

「ハッ——」

低い気合と共に天井へ放り投げた包丁が落ちてくる間に蕎麦玉を摑み、見事、客の椀に投込むときの、たとえようのない快感に戦慄（せんりつ）した右腕は、もう無い。

「どうだな、工合は……」

障子が開き、主人の幸右衛門が入って来た。

「はい。おかげさまで……けれど、あのとき、いっそ、あのままにしておいて下すった方が……」

「よかったというのかい？」

「ええ……」

「お園。お前、まだ気がついていないらしいねえ」

「え？……何を……？」

主人と小女が顔を見合せ、クスリと笑った。

「お前。いま、何を食べているのだい？」

ハッと、お園は眼の前の土鍋（どなべ）や茶碗（ちゃわん）を見た。まぎれもない米の粥を食べていたのだ。

医者の手当に蘇生（そせい）し、無我夢中で、激痛と闘い、痛みも薄らいだ今日まで何日たっていることだろう。二十日——いや半月は確かにたっている。

（その間、私は、自分が何を食べたのか、ちっとも気がつかなかった……）

わなわなと、お園が震え出した。

「初めは重湯さ。医者の言いつけでね。お前も夢中ですすり込んでいたし、お粥になってからも平気で食べた。菜ッ葉も卵も食べたよ」

「旦那……」

「おかみさんも、びっくらしているよ、お園さん――」

と、およしが口を出した。

「旦那……食べられました。お米もお魚も食べられました」

どッと、お園の眼から涙がふきこぼれた。

「旦那。もう――もう、死にません」

「死ぬ気だったかい」

「はい――でも、私――もう腕の一本やそこら無くてもいいんです。人さまなみに、人さまなみのものが食べられるようになったんですから。もう何も――何も、怖いものなんか、ありゃアしません」

寛政九年の正月に、大坂下りの軽業女太夫・玉本小新が一座を率いて浅草・葺屋町河岸の兵四郎座に出演し、大当りをとった。

当時十七歳の玉本小新については、寛政十年版本『快談文草』に、

――日々栄当栄当の大入は、全く小新が美しきかんばせに、色気を含みし故なり――とある。

小新の美貌と艶姿は江戸市民の熱狂を呼び、優雅な手鞠の曲芸から元結渡り、猿の独楽遊びなどの水もたまらぬ冴えた芸と、一座の熱演は、約一年間も江戸市中を興行して飽きさせなかった。

小新を助け一座を束ねているのは小新の母親である。

小新の母親の右腕は、肘の上から無かった。

四十をこえ、でっぷりと肥った福々しい顔だちの母親は、ごく親しいひいきの客から、小新の生いたちを問われると、

「はい？――あの娘の父親でございますか。父親は盲でございましてねえ。あの娘が生まれた頃は、まだ按摩をしておりまして、ずいぶんと苦労をさせてしまいました。いま生きておりますと……サア、私よりも四つ年下でございましたから……もう少し生きていて欲しかったと思うてます――体も丈夫やなかったのに、馴れぬ土地で、苦労をさせ、早死させてしもうて……」

こう答えるときの母親の瞼は、見る見るうちに赤く腫れ上ってくる。

お前さんの右腕は――？

そう訊かれると、若いときの奉公先へ押入った泥棒さんに斬落されましてなあ、と答えるのが常であった。

塩むすび

笹沢左保

笹沢左保（ささざわ　さほ）

一九三〇年生まれ。六一年、『人喰い』で日本推理作家協会賞を受賞。ミステリー、股旅小説など幅広いジャンルで作品を発表。代表作に「木枯し紋次郎」シリーズなど。二〇〇二年死去。

底本

細谷正充編『感涙　人情時代小説傑作選』ベスト時代文庫　二〇〇四年

梅が咲き始めるころになると、決まって大雪が降る。今年も、例外ではなかった。この日、午後から舞い始めた白いものが、日暮れ前に大雪となった。江戸八百八町が、白一色の雪景色に変わった。

深川八幡を中心に発展した深川七場所と呼ばれる遊里へも、その周囲にあって活気に溢れる盛り場へも、いつものようには人が出てこない。雪が降ってこそ、なおいっそうの深川情緒と、わざわざ出かけてくる粋人を除けば、人影は疎(まば)らであった。

そうなっては、おみつの商売は成り立たない。吉凶いずれとも受け取れる艶(つや)っぽい文章が記された紙が、巻煎餅などと一緒になっているのを箱に入れ、おみつはそれを肩から吊るしていた。

『辻うら』と朱文字がはいった大きな丸提燈(まるちょうちん)が、おみつの左手で揺れて雪を赤っぽく染める。

おみつの商売は、辻占売りだった。辻占を売り歩くのは、大半が少女である。おみつもこの正月で、六歳になった。少女の声は、澄みきっている。おみつも、美声であった。

『淡路島　通う千鳥の恋の辻占』というおみつの売り声は、哀調を帯びて余韻嫋々と大変な人気を集めていた。

だが、この大雪では、どうすることもできない。人がいなければ、辻占は売れなかった。いつもは夜遅くまで売り歩き、品切れになってから家に帰る。しかし、今夜に限り宵の口に、住まいへ引き揚げるほかはなかった。寒さに震えて、右手に白い息を吹きかけながら、おみつは雪の中の家路をたどった。

道は真っ直ぐであり、一ノ鳥居をくぐって八幡橋と福島橋を渡り、大川の手前を左に折れると熊井町だった。この熊井町では『翁から連立って行く櫓下』と川柳にもあるくらい、『翁』という蕎麦屋が名を知られていた。だが、おみつの住まいは土間のほかに、ひと間だけという裏長屋である。

そこにおみつは、養母のお甲と二人で住んでいる。お甲は今年、三十三歳になった。亭主とのあいだに、子ができなかった。それで捨て子されたおみつを拾って育てたお甲だが、去年の春ごろからひどく邪険になった。亭主が病死して、生活が苦しくなったせいだろう。気持ちが、荒んでいるのだ。

事あるごとに、おみつに対して辛く当たった。怒りっぽくなったし、いつも不機嫌でいる。おみつの顔に容赦なく、平手打ちを喰らわせた。おみつが泣き出すと、お甲は物差しを持ち出してくる。いらいらしてのことだろうが、お甲は物差しでおみつの尻を十回以上も叩くのである。だから、おみつはお甲に殴られても、涙をこぼすだけにしていた。

お甲は、『翁』で働いている。蕎麦屋の下働きをしているわけで、通いの下女ということになる。日暮れには帰してもらえるが、立ちつくしての洗いものは重労働であった。疲れて帰ってくるので、夜のお甲は特に不機嫌だった。おみつも、よく働いた。辻占売りのほかに、おみつは大川の猟師の好意にすがって、早朝のシジミ売りをやらせてもらうこともあった。

しかし、おみつの稼ぎが少ないと、お甲は目を吊り上げる。それで、おみつの足どりは重かった。辻占がまったく売れずに、宵の口に引き揚げるのである。お甲が、いい顔をするはずはない。大雪だから仕方がないといったことを、考慮に入れるお甲ではなかった。そんな養母が、おみつはこのうえなく恐ろしい。

長屋に、帰りつく。腰高油障子をあけて、そっと土間に立つ。火は消してある提燈を壁に掛けて、そのまま動かずにいる。全身を覆った雪を払い落とすこともなく、おみつは震えていた。お甲にジロリとにらまれると身がすくむので、おみつは顔を上げようともしなかった。

大雪のために辻占の売りようがなかったと、お甲は理解してくれたらしい。珍しく、怒鳴らなかった。その代わり、おみつに使いを言い付けた。お甲は寝酒を買ってくるようにと、銭と一升徳利をおみつに渡したのだった。おみつはホッとして、家を飛び出した。雪の中を、おみつは走った。

福島橋を渡ったところに、夜になっても店をあけている酒屋がある。そこで、お酒を買った。お甲から渡された銭では、一升徳利の三分の一も酒で満たされなかった。おみつは、帰りも走った。だが、福島橋のうえで、足を滑らせて転んだ。その拍子に一升徳利を、橋の欄干(らんかん)に打ちつけた。

一升徳利の底が粉々に砕けて、一瞬のうちに酒は積もった雪に大小の穴を掘っていた。おみつは、立ち上がらなかった。呆然となって、雪のうえにすわり込んだ。住まいへ帰っても、言い訳のしようがない。なけなしの銭をはたいて、買いにやらせた寝酒が消えてなくなったとなれば、お甲は血相を変えて怒り狂うに違いない。

おみつは途方に暮れて、夜の雪景色をぼんやりと眺めやった。このままじっとしていれば、雪に埋まって死ぬだろう。そうするのが、いちばんよさそうだとおみつは考えた。そこへ、熊井町の表通りで畳屋を営む伝兵衛が通りかかった。

伝兵衛夫婦は日ごろから、おみつを可愛がっていた。伝兵衛夫婦にも子供がいなかったし、お甲がおみつに冷淡で薄情だということも承知している。それで伝兵衛は何度か、おみつが欲しいとお甲に掛け合った。お甲の返事はいつも『本人がその気になるんなら、どうぞお好きなように』と決まっていた。そういうことで、いまがいい機会だと伝兵衛は思った。

「おっかさんに、追い出されたんだろう。おみっちゃんが捨て子だったんで、実の子みたいには情が湧かないんだ。いつまでたっても、ひどい仕打ちはやまんないよ。おみっちゃんだって、こんな苦労ばかりしなくたってすむんだ。どうだい、おみっちゃんいっそのこと、おじさんところの子にならないか。おみっちゃんさえ承知すれば、すぐにもまとまる話なんだよ」

伝兵衛はしゃがんで、おみつの顔をのぞき込んだ。

おみつは目を細めて、照れ臭そうに笑った。そのあとおみつは、ゆっくりと首を左右に振った。いまおみつが笑ったのは、握り飯のことを思い出したからだった。朝のお甲は、疲れが取れているので機嫌がいい。そのせいなのか、お甲は毎朝ひとつだけ、おみつに握り飯を作ってくれる。炊き上がったご飯を、お甲は熱がりながら握る。塩をまぶして、たったひとつの握り飯ができる。

「あいよ」

お甲はおみつに、握り飯を差し出すのだ。味噌汁とご飯で、ちゃんと朝飯を食べることになるのに、なぜその前に握り飯を作ってくれるのか、おみつにはいまだにわからない。しかし、お甲が真っ先に握り飯を食べさせてくれることが、おみつには無性に嬉しく感じられる。

頬張っても、まだ握り飯は熱かった。それに、しみている塩と熱いご飯の味が、何とも言えない。握り飯の香りというものも、忘れられないのだ。毎朝のあの塩むすびと、別れることはできない。そう思って、おみつは笑ったのである。

おみつは、立ち上がった。伝兵衛に頭を下げてから、おみつは歩き出した。これから帰って、お甲にひどい目に遭わされることは覚悟していた。声を立てずに涙だけこぼして、泣けばそれですむことであった。

おみつは橋の欄干のうえの雪を掬って、歩きながら両手で握った。お甲が作ってくれる握り飯と、形がそっくりになっていた。

こはだの鮓(すし)

北原亞以子

北原亞以子（きたはら　あいこ）
一九三八年生まれ。八九年、『深川澪通り木戸番小屋』で泉鏡花文学賞、九三年、『恋忘れ草』で直木賞、九七年、『江戸風狂伝』で女流文学賞、二〇〇五年、『夜の明けるまで　深川澪通り木戸番小屋』で吉川英治文学賞を受賞。一三年死去。

底本
『こはだの鮓』ＰＨＰ文芸文庫　二〇一六年

こんなことは、めったにあるものではない。

よいことも悪いことも年齢をとるに従って小さくなるという作兵衛自身の説に従えば、まだ下総の酒井根村で暮らしていた頃、隣家の茂蔵が、田圃をあずかってくれと頼みにきたのと、同じくらいの幸運だった。鮓売りの与七が、今日はけちな客が多かったと言って、売れ残ったこはだの鮓を竹の皮につつんでくれたのである。

近頃は、にぎり鮓というものもできたそうだが、与七は、めしにこはだをのせて押したなれ鮓を、小綺麗な桶に入れて売り歩いている。得意先は吉原だが、内緒で遊んできた手代の話によると、こはだの鮓とは言わず、「こはだのすぅ」とのばす売り声が、なかなかよいそうだ。

桶の中の鮓は、二口くらいで食べられるように切って一つ四文、安煙草を買う小遣いにも不自由しているめし炊きの作兵衛には、高嶺の花だが、決して高いものではない。

まして与七は、役者にしたいようないい男だった。そんな美男が唐桟の着物に、黒い襟をかけたやはり唐桟の袢纏をひっかけて、着物は尻端折り、濃紺の股引に白足袋、麻裏の草履という粋な姿であらわれるのである。料理屋から届けられるものを食べ飽きた流連の客が、さっぱりしたものを食べたいと言い出さなくとも、遊女が競って呼びとめて、客に鮓代を払わせるのは当然というものだった。

が、それでも今日は売れ残ったという。与七の言う通り、今日はよほどけちな客が集まっていたのだろう。

考えてみれば、それも作兵衛にとっては幸運だった。奉公先が浅草諏訪町の葉茶屋で、与七と顔見知りであったことも幸いなら、今のうちに横丁を掃いておこうと、箒を持って裏木戸から出て行ったのも運がよかった。小遣いをためては男物の白足袋やら手拭いやらを買って、与七の帰りを待っている小女のおひろに見つからなかったのは、僥倖と言ってもいいくらいだった。

作兵衛は、早足で歩いていく与七の後姿にも頭を下げて木戸の中に入った。こうなったら、横丁の掃除どころではなかった。

とはいうものの、掃除をやめにするわけにはゆかなかった。

作兵衛が働いている葉茶屋は、特に大きな店ではない。店で働いている奉公人は手代が一人、小僧が一人で、そのほかにおひろと作兵衛がいるだけである。

店が手狭なら住まいの部屋数も少なく、庭も広くはないのだが、主人は樹木が好きだった。猫ならぬ犬の額ほどのところに、楓やら松やら、梅やら柿やらが植えられて、どぶが木の葉で埋まると近所の顰蹙を買っている。

春三月、落葉の少ない季節とはいえ、横丁の掃除を怠れば、早速近所から苦情が持ち込まれ、口やかましい内儀が、「だから掃除だけはていねいにと、いつも言っているじゃないか」と、耳が痛くなるような声を張り上げるにちがいなかった。

あの声を聞くよりは、掃除に戻った方がいい。戻った方がいいが、その間、この鮓をどこへ置けばいい。

おひろは昼過ぎに、娘の供をして日本橋へ出かけた。先刻帰ってきたばかりで、「あの我儘娘に日本橋中を歩かされて、足が痛くなった」とこぶしで脛を叩いていたから、今頃、台所の片付けにとりかかった筈だ。

おひろのいる台所へ、鮓を持って行けるわけがない。

背中に隠して持って行っても、おひろは素早く包を見つけ、「あ、こはだのお鮓」と素っ頓狂な声を上げるだろう。そして、分けてやるとも言わぬうちに作兵衛から包を取り上げて、すぐに一つをほおばってしまう。あげくに、「誰からもらったのさ」と、うらめしそうな顔をする筈だ。

そこでおさまれば、我慢する。問題は、与七がくれたとわかった時だった。「このお餅は、わたしにくれたかったんだよ」と、おひろは言うにきまっていた。

「でもさ、あの人、てれくさがりだろう？　作さんに渡せば、一つや二つはわたしの口に入るかもしれないと思って、それで作さんが木戸から出てくるのを待っていたんだよ」

自惚れるだけ自惚れて、おそらく竹の皮へ頰を押しつける。せっかくの餅が妙に温かくなってしまうし、第一、取り上げた餅を作兵衛に分けてくれるかどうかもわからない。

冗談じゃないと、作兵衛は思った。

せっかくもらった餅を、誰がおひろなんぞにやるものか。

おひろは、青菜や蜆を買う時に、裏の絵草紙屋の分もついでに買ってやる。絵草紙屋の女主人は、どこぞの旦那に身請けされたもと遊女だとかで、買い物が得手ではない。小女もいるにはいるのだが、釣銭を始終ごまかすらしい。

そんな愚痴を聞いたおひろは、いつの頃からか入り用にちがいないものを買っては届けてやって、時折小遣いをもらっている。それが羨ましいわけではないのだが、その小遣いで買ってくる饅頭を、たまには分けてくれてもよいと思うのだ。

作兵衛は、捧げるように両手で持っている竹の皮包を眺めた。

「ほかに置くところは――」

あった。昼のうちに割っておいた薪の上だった。

薪を割るのも台所にはこび入れるのも、作兵衛の役目だと思っているおひろは、薪の山に近づいたことがない。そろそろ日暮れ七つの鐘が鳴る頃で、手代は今日の売り上げの勘定にいそがしく、小僧もそのそばに控えていることだろう。薪の上なら鮓は安全だった。

包はずしりと重い。一つ四文に切った鮓が、少なくとも十二、三は入っているだろう。

「ああ、今夜が楽しみだ」

早くめしを炊いてしまって、油揚入りのひじきがつくだけの夕飯は、腹痛がすると断って、冷えた腹を暖めてくると言って湯屋へ行こう。その帰りに、大散財をして酒を買う。湯屋から帰って、台所の横の部屋へ入って、ぼろ掻巻を着て布団の上に坐って、台所から借りてきたちろりで酒を温めて……。

くそ、こたえられねえ。

作兵衛は、両手で鮓を持ったまま歩き出した。脇の下にはさんでいた高箒の柄が抜けて、倒れたそれにつまずいたが、箒をかかえ直している暇などありはしなかった。

よかった――。

横丁の掃除を終えた作兵衛は、薪の上を見て、思わず口許をほころばせた。鮓の包は、作兵衛が置いたところに、置いた時と同じ姿でのっていた。

「さて、めしを炊いてしまうか」

米をといで、竈(かまど)に火をつけて、仕事はあとわずかだ。

作兵衛は、薪の上の包をかるく叩いて台所に入り、米櫃(こめびつ)を引き出した。井戸端へ行く前にも包が無事であることを確かめて、米をとぐ。水加減はいつもの通り手首のほくろまできっちりとして、竈に火もつけた。

が、じれったい。はじめチョロチョロ、なかパッパの火を、はじめからパッパと燃やしたくなる。

「一つ、食ってみるか」

と、作兵衛は思った。十二、三は間違いなくあるのだ、一つや二つ食べても、今夜の楽しみにさほど差し障(さわ)りはないだろう。

作兵衛は、台所の外へ出た。薄暗くなってきた軒下(のきした)で、薪の上の包が作兵衛がくるのを待っていたように見えた。

作兵衛は、あたりを見廻(みまわ)した。誰もいなかった。

あわてる必要はないのだが、早く食べたさに竹の皮の紐(ひも)をほどく暇も惜(お)しくなって、作兵衛は包の横から指を入れた。

簡単にとれると思ったのだが、庖丁（ほうちょう）の切り目がうまく入っていなかったのかもしれなかった。作兵衛の指がつまんだ一つは、なかなか包の外へ出てこない。紐をとけばよいとはわかっているのだが、早く食べたいと、のどが鳴っている。むりやり引き出した鮓は、かたちがくずれていた。

それでも、こはだの鮓だった。二月頃から聞えはじめる「こはだのすぅ」に、作兵衛は幾度、山に盛られたそれを夢に見たことか。

だが、夢は、必ず鮓に手をのばしたところで覚（さ）める。つまんだ時も、夢の中ですら頼りない感触が残る。

作兵衛は、こわれた鮓をほおばった。

「うめえ――」

満足したのどが鳴り、もう一つ――と催促（さいそく）をした。

「そうさ、な」

と、竹の皮の中へ指を入れながら、作兵衛は思った。三つくらい食べておいた方が、夕飯を食べずに湯屋へ行った時、空腹で目をまわす心配がないのではあるまいか。

指が、やはり少々くずれている鮓を引き出してきた。ほおばれば、また「うめえ――」という言葉がこぼれて出る。これを、もう一つ食べてもいいのだと思うと、溜息（ためいき）が出てくつまんだそれは庖丁の切り目がよく入っていたらしく、するりと動いた。

三つを食べたというのに、指は未練がましく竹の皮の中へ入ってゆく。困ったことに、口へはこびたくなるのをかろうじて抑え、作兵衛は、二、三本の薪を下げて台所へ戻った。

ちょうど、なかパッパの頃合いで、持ってきた薪をやけくそのように竈へ押し込んだ。一瞬暗くなった竈の中の火は、すぐにかわいた薪に燃えうつり、赤い炎が釜の底を舐めはじめた。

もう一つくらい――と、火加減を見ている筈の目に、こはだの鮓が見えてきた。かぶりを振っても、まばたきをしても、炎の中にあらわれた鮓は消えなかった。

「な、しょうがねえじゃねえか」

と、しばらくたってから作兵衛は呟いた。落着いてめしを炊くには、もう一つくらい、食べた方がいい。

が、暮れてきた空を見上げながら食べる鮓の味は格別だった。作兵衛は、思わず三つをつづけざまにほおばって、まだ鮓を引き出そうとしている手を叩いた。

「極楽だぜ、まったく」

るほど嬉しかった。

包をふりかえりながら竈の前に戻ったが、気がつくと台所の外にいて、薪が積んである軒下へ行こうとしているのである。

作兵衛は、火吹竹を持った。火吹竹をくわえて、精いっぱい竈の火を吹いていれば、少しはこはだの鮓の姿が消える筈であった。

作兵衛は、夢中で吹いた。吹いて吹いて、吹きつづけた……つもりだったが、我に返ると、竈の前に蹲ったまま、こはだの鮓を食べていた。

あわてて開けた包の中には、二つしか残っていない。

べそをかいたような苦笑いを浮かべながら、作兵衛は鮓をていねいにくるんで、竹の皮の紐を結び直した。茂蔵が田圃をあずかってくれと言ってきた時もそうだったと思った。茂蔵は、小金牧の野馬捕りに勢子としてかりだされ、馬に蹴られて大怪我をした。子供はまだ小さく、自分にかわって田圃を耕してくれれば、収穫の半分を渡してもいいと言ってきたのである。

当時の作兵衛は、親から譲られた田畑を博奕と酒で失って、妻子から白い目で見られていた。茂蔵の申出は、作兵衛にとっても有難いものだった。

来年の春にはまた田を耕せる、秋には米がとれると思うと、作兵衛は無性に嬉しくなった。嬉しくてたまらずに、つい前祝いの酒を飲んだ。

その酒が幾月つづいたのか、作兵衛にもはっきりとした記憶がない。はっきりと覚えているのは、呆れはてた茂蔵が、ほかの男に田圃をあずけたことだけである。

作兵衛は、鮓の包を懐へ押し込んで立ち上がった。

めしはもう炊けている。あとは腹が痛むと嘘をついて湯屋へ行き、酒を買ってくればいい。鮓はまだ二つ、残っている。

蟹

乙川優三郎

乙川優三郎（おとかわ　ゆうざぶろう）

一九五三年生まれ。二〇〇一年、『五年の梅』で山本周五郎賞、〇二年、『生きる』で直木賞、一三年、『脊梁山脈』で大佛次郎賞、一七年、『ロゴスの市』で島清恋愛文学賞などを受賞。

底本

『五年の梅』新潮文庫　二〇〇三年

一

午後になり、ときおり薄日が差すようになったものの、重く垂れ込めた雲は雪を落としそうで底冷えがしている。ようやく人の往来が途切れて顔を上げたときには物淋しい野路に出ていて、冬枯れの木立の彼方に悠々と飛び去る鳥の群れを見つけて、志乃は溜息をついた。

ついさっき出てきた家からこれから入る家へ着くまでの間に、手早く気持ちを切り替えなければならない。見も知らぬ男に嫁す不安がないといえば嘘になるが、期待があるわけでもなく、退屈で歩き甲斐のない道がひとつ終わり、またはじまるだけのことだと、自分で自分の胸に区切りを付けるようなあてどない気分だった。

雪もよいの城下は暗く沈んでいたが、年の瀬のあわただしさは下士の町にもあって、その煩擾に紛れながら志乃はひとりで歩いてきた。嫁ぐといっても離縁されたばかりのことで、晴れやかな祝言が待っているわけではなく、両手には肌着を包んだ風呂敷包みをひとつ抱えているだけである。前日には下僕に言って二つの行李と鏡台を先方へ運ばせていたが、三度目になる嫁入りに最早それらしい道具も人もつかなかった。

もっとも、別れてきた夫にもこれから嫁ぐ男にも志乃は関心がなかった。いまはただ早く冷えた体を温めたいと思うだけで、胸の中は涸れ井戸のようにがらんとしている。石を落とせば忘れたころに音は響くだろうが、寥々とした渇きが癒えるわけではない。はじめて嫁した夫のときもそうだったが、前夫の島村三九郎が離縁を切り出したときにも次の縁談がまとまっていて、要するに厄介ものとして体よく盥回しにされたのである。志乃には未練を残す子もいないかわり、帰るべき実家もなかった。

志乃は藩の中老の娘に生まれたが、母親は知らない。父にとっても家にとっても厄介な女だったのだろう。生まれた志乃はすぐに養子に出され、成長すると待っていたかのように養家からも嫁に出された。実父の国枝求右衛門には会ったこともなく、つまりは国枝家には無用の庶子で、養家となった堀家も重職に押しつけられて仕方なく養女に迎えたのである。祝言の直前になって実の親と思っていた養父母から事実を聞かされたとき、彼女は血が凍るほど青くなった。

「すると、わたくしは……」

「ええ、国枝さまからお預かりした御子ですよ」

と養母のたけは意外なほどはっきりと言った。

「あなたに罪がない以上に、そもそもわたくしたちには関りのないことでしたが、それでも今日までできる限りのことはしてきたつもりです」

たけの口調には長年の不満が込められていて、志乃はそれまで感じていた彼女のよそよそしさが一気に腑に落ちたような気がした。

そのころには父の国枝求右衛門はすでにこの世になく、中老家の庶子という扱いにくい身分だけが志乃のすすむ道を決める標になっていて、堀家も結局は配下の家中へ志乃を押しつけたに過ぎなかった。その証に嫁ぎ先の田辺家では腫物に触るように扱われ、夫と同衾することもなく三年で離縁を言い渡されたのである。田辺家からさらに家格の低い島村家へ再嫁すると、驚いたことに夫であるはずの三九郎には事実上の妻がいて家政を預かっていたから、志乃はそれこそ食客に過ぎなかった。一時は彼らの慇懃無礼な仕打ちに我慢がならず奔放に振舞いもしたが、それでも島村家は志乃を粗末には扱わなかったし、志乃は志乃で心の底では彼らにかけている迷惑を誰よりも理解していたので、結局は無事に離縁となるまでの間と思い、形だけの嫁を装ってきた。ほかに彼らの苦労に報いる方法はなかったし、かといって頼る知る辺も、ひとりで生きてゆく自信もなかった。

そうして六年が過ぎてしまうと、あとはもう運命に流されるままに生きるしかないと思う一方で、霧の中をさまようような頼りなさを志乃は感じている。だが国枝家の庶子という身分が変わらぬ限り、たしかな道が見えることはないのかも知れない。父のいない国枝家はもう志乃の存在すら忘れているかも知れず、世間も彼女を蔑ろにはしないものの、国枝家との縁や出世に繋がるものとは見ていない。ただ自分のところで中老家の娘を見捨てたとなると、後々どんな災難に見舞われるか知れないと恐れているだけだろう。

小さな雑木林を過ぎて広々とした野畑へ出ると、路傍に古い地蔵堂があって、そこからさらに十間ほど離れたところに嫁ぎ先の岡本家らしい家があった。野畑の北と西には疎林が続いているが、南側には遠く葱畑のさきに遠浅の海が見えている。海が低く見える分だけ土地は高いらしく、浜辺と接するあたりは崖か急な斜面になっているのだろう。この土地に生まれながらはじめて目にする広々とした景色に、志乃はしばらく見入っていた。季節が移り暖かくなれば、陽に溢れ、物淋しい印象も変わるだろうと思われる眺めだった。

潮風に向かって建つその家は、しかし軽輩の集まる組屋敷よりも粗末で、門柱らしい二本の丸太と生垣がなければ百姓家と変わらなかった。正面の玄関にも式台らしいものはなく、近付くと暗い土間にぽつんと洗足の盥が置いてあるのが見えて、それが今日の出迎えらしかった。

「ごめんくださいまし」

志乃は敷居の前に立って言った。

「ご当家は岡本さまでございますか」

できればそうでないことを祈りながら待っていると、しばらくして家の脇から不意に男が現われて辞儀をした。男は裏庭で何事かしていたらしく、この寒さに着物を尻端折りして、足は裸足だった。しかも丸太のように太い脛はまるで脚絆をつけたように膝のあたりまでが泥に塗れている。思わず男の足を見つめていた視線を上げると、やはり泥だらけの顔は大振りの唐茄子か何かのようで、上半身は甲冑をつけたように立派だった。

男は郡廻りを務めていたが二年前に役替えとなり、十俵二人扶持の柔術師範となったそうである。ちょうど三十歳だと志乃は聞いていたが、柔術の達人というよりは粗忽な感じがして二、三歳は若い印象だった。

「志乃と申します、不束者ですが、よろしくお願いいたします」

彼女が辞儀を返すと、

「あなたが……」

と男はぽかんと口を開けたまま志乃を見つめた。それから思い出したように言った。

「いま顔と足を洗ってきますので、さきに上がってお待ちください」

「そこにすすぎと手拭いは用意しておきましたので、勝手にお遣いくださいあとで風呂も焚きますから」

「あの……」

「はい、何か」

島村家へ再嫁したときの息が詰まるような出迎えに比べて、気楽だが男のひどく悠長な態度が気になり、志乃は思い切って訊ねた。

「岡本さまは、その、本当にわたくしを妻に迎えてくださるおつもりでしょうか」

「はあ、そのつもりで支度をしていたところですが、何分、ご覧の通りの侘び住まいですので支度といってもたいしたことは……」

有り体に申し上げて人手も金も道具もないので祝言らしいことは何もできない、と男は言った。志乃は支度のことを訊いたのではなかったが、自分の口からどんな女を妻にしようとしているのかを言うわけにもいかず、うつむいていた。島村か形ばかりの仲人から出自は聞いているにしても、男の呑気なようすからは何もかも承知のうえで結婚に同意したとは思えなかった。もっとも、志乃も男について鰥住まいの柔術師範という以外に何といって詳しく知っていたわけではない。

「ひどいところで驚かれたでしょう、しかし暮らしてみれば意外にお気に召すかも知れません、わたくしがそうでしたから」

　男はそう言うと、志乃の気持ちを解そうとしたのか、冬ざれの景色を見回しながら破顔した。すると顔の泥がひび割れていまにも剝がれ落ちそうになり、志乃は目を伏せてくすくすと笑った。粗忽なようにも鷹揚なようにも見える、どこか憎めない男だった。

「では、わたくしは顔を洗い、風呂と飯の支度をしてまいります」

　さっと踵を返した男へ、

「夕餉の支度でしたらわたくしが……」

　志乃はあわてて言ったが、男はいくら貧しくとも花嫁にそんなことはさせられないと言って取り合わなかった。

「では、せめてお米を研ぐだけでも……」

「いや、それも今日のところは……」

「いけませんか」

　志乃が見つめると、男は堂々とした巨体に似合わず、急に顔を赤らめてもぐもぐと小声で言った。

「それが、あいにく米は切らしております」

二

戸障子が黒く変色しているうえに隙間風が炎を揺らすせいか、家の中は行灯を灯しても薄暗かった。強引にすすめられて先に風呂を遣わせてもらい、あとはすることもなく居間で待っていると、お待たせしましたと言って男が台所から戻ってきた。

男は岡本岡太といって、泥を落としてさっぱりとした顔も嫌みはないが、どことなく名前のようにしまりがなかった。両手には盥に山盛りにした茹で蟹を抱えていて、波の花を煮つめたような癖のある潮の香りがぷんぷんとしている。しかも盥はどう見ても洗足に遣ったもので、志乃は正直なところ蟹にも盥にもぞっとした。

蟹は女子が堂々と食べられるものではないし、実際にどう食べたらよいのかも志乃は知らなかった。女子の掌ほどの小さな蟹は、足が人の小指かそれよりも細く、とても箸は使えぬだろう。仮に使えたとしても美しく食べられるかどうか。

まだ湯気を立てている赤い蟹を眺めながら志乃が密かに案じていると、

「これは俗に丸蟹と申し、そこの浜にうようよいるのですが、小振りながら味は中々のものです」

岡太はにこにこしながら言った。

「味噌汁にしてもうまいのですが、出汁をとるだけではもったいないほどです」

彼はよほど蟹が好きならしく、いそいそと台所へ引き返し、じきに酒やら鍋を持ってくると、もう待ち切れないといった顔で、では、はじめましょうかと言った。鍋は蟹の殻を入れるためのものらしく、志乃はどうせなら鍋と盥を替えてくれればいいのにと思ったが、そういうことに気の回る男ではないらしかった。

印ばかりの盃事を済ませて寛ぐと、岡太はしかし、自分のような見込みのない男の下へ本当に嫁いでくれる人がいるとは思わなかったと言って、改めて礼を述べた。そして十俵二人扶持は夫婦が食べるのにやっとで、とても贅沢はさせてやれないが、そのかわり必ずあなたのことは大切にするつもりだとも言った。志乃は黙って聞いていたが、予想もしなかった優しい言葉に内心では驚いていた。ただ、そういう男になぜこれまで嫁が来なかったかを考えると、男の言葉を鵜呑みにするわけにもいかず、上調子なだけかも知れないと思った。

（それにしても……）

家も内証も想像していた以上にひどく、黒くささくれた畳を見たときには驚いたが、それよりも気になっていたのが岡太の明るさだった。それでなくとも貧しいところへ、厄介ものを押し付けられて困るはずが、身の不遇を託つどころか嬉々としている。だが盥回しにされてきた女が男に面と向かっては言えぬことがあるように、厄介ものを迎えた岡太にも何かしら事情があるはずで、言葉通りにとるのはやはり危険な気がした。

ぼんやりと物思いに浸っていると、

「こんなもので申しわけありませんが、温かいうちにどうぞ」

岡太が言い、志乃はうなずいたものの、じっと見つめるだけで手は出なかった。これが三度目の祝言の馳走かと思うと情けないのと、少しでも食べなければ申しわけないという気持ちがぶつかり、空腹はほとんど忘れていた。

「蟹はお嫌いですか」

「いいえ、そういうわけでは……」

「……」

「ただ、このように小さな蟹は食べ方がよく分かりません」

「なるほど、それではわたくしがまず手本をお見せしましょう」

と岡太は無造作に蟹を摑んで尻のほうから甲羅をばりばりと剝がした。それから胴体を二つに割って、器用に一本の箸で身をほじくりはじめた。

「どうです、こうすればたやすいでしょう」

彼は別の蟹を取ると、やはり二つに割って志乃の皿へ載せてくれた。志乃は少しほっとして箸を取った。岡太が言うように、蟹は甲羅を剝がしてしまうと案外食べやすそうに見えたのである。

「要するに蟹は遠慮して食べてはいけません、多少は散らかしても、とにかく隅々まできれいに食べる、それが作法といえば作法です」

言いながらも岡太はすでに身をほじくるのに夢中で、志乃はこれなら見つめられる心配もなさそうだと思った。ところが、一番取りやすいところを箸で摘（つ）まんで食べようとしたとき、

「そこはいけません」

と岡太が鋭い声で制した。

「それは蟹には違いありませんが、がにと言って食べると腹をこわします」

「がに、ですか」

「はい、魚でいえば鰓（えら）のようなものです」

「随分、お詳しいのですね」

「こんなところに暮らしておりますと百姓や漁師と話す機会が増えまして、知らずともよいことを覚えたりします」

「そうですか……」

志乃は間違えて食べないように、並んでいるがにをきれいに取り除いてから、岡太に倣い一本の箸で蟹をつついた。すると身はすぐに出てきたが、食べるには蟹を口に近付けなければならず、ためらっていると、いきなりちゅうちゅうと大きな音がしたのでまた岡太のほうを見た。

「足はこうして食べます」

岡太は微笑みながら、志乃にすっかり空になった蟹の足を見せた。

「殻といっても柔らかいですから、まずは関節を折り、細いほうを歯で噛んで身を押し出します、少し出たところで、あとは面倒なので吸い出してしまうわけです」

「わたくしにはそのようなことは……」

「指で押しても出ますが、手が疲れますよ」

「あの、爪はどのように？」

「螯の一方を引き抜くと、うまく身が付いてくるときがありますが、駄目なときは縦に割って箸でつつくか、反対側の穴から吸い出します、馴れればどうということはありません」

志乃は密かに溜息をついたが、ほかに食べようもないらしく、諦めて蟹を口へもっていった。食べる前にちらりと岡太を見ると、彼は無我夢中で蟹の足をしゃぶっていて、見て見ぬ振りをしているようでもあった。あるいはそう見せて、こちらの行儀強さを確かめているのかも知れない。だが、そうした心配は蟹をひとくち含んだ途端にどこかへ消えてしまった。

（おいしい……）

志乃は胸の中で呟いた。想像していた白身魚のような淡白な味と違い、蟹は甘い汁と塩気をほどよく含んでいて、これまで食べたものの中では最も美味なものに思われたのである。ふたくち目を含むと味覚はさらにたしかなものとなり、一杯まるまる食べ終えてしまうと、あとはもう一気に食べたいということしか考えられなかった。

「ところで、島村家でも新たに嫁御を迎えるそうですな」

岡太はよく食べ、よく話す男だった。

「ええ、そのようです」

と志乃も食べながら答えた。

「何でも志乃どのがおられたときから家に住んでいた女子だとか……」

「房江さまなら、そうでございましょう」

「しかし、それもひどい話だ、それであなたはときおり山下町へ行かれたのですね」

「ええ、そうですわ」

「それで気は晴れましたか」

「いいえ、ちっとも……」

いつしか志乃はもう返事をするのが面倒なくらい、食べることに夢中になっていた。歪な部分の奥のほうに詰まっている身がうまくとれずに苛々したり、話しながらも岡太が食べるのが早いので煽られているような気分だった。そして半刻もすると、あれほどあった蟹の山は大方なくなり、かわりに鍋には殻の山ができていた。

「まあ、お気持ちは分かります、よく分かりますが……」

残り少なくなった蟹の足をしゃぶっていると、岡太がまた何か言ったようだったが、志乃は目を上げただけで黙っていた。岡太も同じように蟹の足をくわえてい、ひとつ食べ終わる度にぶつぶつと独り言を言っているように聞こえた。志乃は食べかけの蟹をきれいに片付けてしまうと、さすがに最後の一杯は岡太へすすめて吐息をついた。

(とてもおいしゅうございました……)

満たされた思いとは別に胸の中がひどくすっきりとしたのを感じながら、そう言おうとしたとき、しかし膳の上が驚くほど散らかっているのに気付いてはっとした。よく見ると殻の破片や汁が畳にまで飛び散っている。それはもう繕いようのないありさまで、自分で自分の行儀の悪さに唖然（あぜん）としていると、ややあって雪の気配にも気付いた。

　雪はだいぶ前に降りはじめたらしく、耳を澄ますと畑の葱が寒さに震えて軋（きし）むような音が聞こえてくる。はじめて上がった家で、しかも男の前でそこまで我を忘れてしまうことなど考えられなかったが、どうしてそんな無作法な真似ができたのか分からなかった。思い出そうとしてもあっという間の出来事に思われ、志乃は自分で自分のしたことが理解できずに、ただ恥ずかしさに頬を染めてうなだれていた。

「いや、正直に話してくれてどうもありがとう」

　やがて最後の蟹を食べ終えて岡太がそう言ったとき、志乃はそれこそ化かされたような気分で殻の山を見つめながら、いったい何のことだろうかと思った。

三

　その夜のことを思い出す度に、志乃は顔が火照（ほて）るほど恥ずかしくなったが、一方では早くまた蟹を食べたいとも思っていた。嫁いだ翌日には岡太が米を都合してきたので、食べるものには困らなかったが、何もかも忘れてしまうような時をもう一度味わってみたかったのである。だが岡太は早朝に出仕すると暮れ方まで帰らず、非番もここ当分はないとのことで、蟹採りに出かける暇はないらしかった。

岡太は城の講武所で家中に柔術を指南するかたわら、講武所の管理もしている。剣術や槍術の師範は、その日の稽古が終わるやさっさと帰ってしまうが、岡太は最後まで居残って掃除やら翌日の支度をするのである。そのために城からの道のり以上に帰宅が遅くなるのだったが、家に着くころにはさすがに疲れが表われ、晩飯を食べるや寝てしまうというふうだった。師範といっても名ばかりで門人は数えるほどであったから、むしろ講武所の管理が役目と言ってもよかった。そしてそのことに岡太は重責を感じているらしかった。

志乃は岡太が出仕すると、汚れ放題だった家の掃除をし、山側にある小さな畑の世話をし、それから漬物を漬けたり、岡太の着物の繕いをしたりして過ごした。それだけでも冬の一日はあっという間に過ぎてしまうし、こまごまとした家のことをするのは苦にならなかったが、手を休めると、ふと考えてしまうことがあった。

そのことについて岡太はひとことも触れないが、じきに一月が経つというのに二人はまだ夜をともにしたことがなかった。岡太は志乃の着物にさえ手を触れず、何かの拍子に指先が触れ合うことがあると驚いたような顔をするのである。夫に相手にされないことには二度の結婚で馴れていたから、当初、志乃はまた数年の夫婦で終わるのかと思ったが、岡太の視線にはそれまでの夫たちとは違う、熱い情のようなものが感じられた。事実、岡太はその後も優しかったし、平凡な暮らしの中で妻をいたわることも忘れなかった。

　けれども夫婦が尋常でないことには変わりなく、それはやはり自分の出自や暗い過去に謂があるように思われた。人には言えないものの、志乃には過去に二人の夫がいるほかに二人の情を通じた男がいる。ひとりは前夫・島村三九郎の従弟で、もうひとりはその朋輩である。従弟の相馬八郎とは観菊の宴で知り合い、朋輩の松井十之進はそれからしばらくして八郎に紹介された。志乃はあとで知ったことだが、二人とも馬廻組に属し、有事には盗賊改方を務めるほどの猛者だったが、平素は自らが悪性な乱暴者と囁かれる類の人間だった。

　その二人と志乃はときおり野遊びに出かけたり、密かに城下の茶屋で酒を飲んだりするようになった。そして当然のことながら、ついには枕を交したのである。いずれそうなることはうすうす分かっていながら、名ばかりの夫に操を立てたところで若さを失ってゆくだけの志乃にとり、一時の気の迷いにしろ彼らの存在は輝いて見えた。加えて、夫や婚家を困らせてやろうという投げ遣りな気持ちもあっただろう。

　ところが島村家はそういう志乃の勝手尽くを見て見ぬ振りをしながら、一方ではそれとなく世間へ愚痴をこぼして同情を集めていたのである。あるいは夫の三九郎が従弟の相馬八郎をそそのかし、はじめからそうなるように仕組んだことかも知れなかった。いざとなれば追及できる立場になると、三九郎は八郎とのことには触れずに、実に堂々と離縁を切り出した。

いずれにしても、そういう過去を隠して嫁ぐことを志乃は心苦しく思わないわけではなかったが、それは相手が本当に自分を妻として迎えてくれる場合であって、どうせまた無視されるに違いないと思っていた。相馬八郎と松井十之進も、嫁ぎ先が決まるや潮が引くように遠ざかり、結局は志乃の心に染みを残しただけである。

だが、そのことを岡太が知っているとも思えなかった。仮に知っているとしたら、あれほど優しくは振舞えぬだろう。それはそれで気が咎めるし、かといって知られるのはさらに気が重かった。

（でも……）

それならなぜ岡太は手も触れないのだろうか。これまでの誰よりも夫を感じるというのに、志乃には彼の心の中がまるで見えなかった。

いつしか春がすすみ、野辺に小さな花々が咲くころになって、岡太はようやく非番となったが、家でくつろぐ暇もなく誰かに呼び出されたり、用事を思い出したのでやはり出仕するということが続いた。志乃はもしかしたら互いの心の奥を見せ合うきっかけになるかも知れないと思い、一度はせがんででも海へ連れていってもらうつもりだったが、それもならずに、とうとうその日は岡太を城下の町屋まで見送り、ひとりで呉服町にある太物屋へ向かった。岡太の肌付(はだつき)があまりに古く、何かのときのために貯(たくわ)えていた僅(わず)かな金で生地を買おうと考えたのである。野辺の荒屋(あばらや)にも二人きりの暮らしにも馴れてみると、改めてそれまでひとりで暮らしてきた男の不便や孤独が分かるような気がしたのだった。

久し振りに見る城下の町並は眩(まぶ)しい陽光と行き交う人々に溢れていて、そこに自分がいることが不思議なほど華やかに見えた。けれども決して居心地はよくなく、志乃は一刻も早く用事を済ませて帰りたいと思った。呉服町には多くの商家が並び、ちらほらと武家の女たちが見えたせいかも知れない。その中には晴れて三九郎の妻となった房江や顔見知りの人がいるような気がして落ち着かないこともあったが、なぜか岡太が引き返してくるような気がしたのである。そのときは、やはり家にいて出迎えてやりたいと思った。

目当ての生地はすぐに見つかり、ついでに近くの店で糸も買って、志乃は呉服町を後にした。ついさっき岡太と歩いてきた道を引き返しながら、久し振りに自分の家へ帰るときの、何が待っているというわけでもないのに急ぎたくなる気分になっていた。島村の家にもその前の田辺家にもなかったものが野辺の荒屋にはあって、できるなら少しでも長くあの人と暮らしたいと、彼女は来た道を帰りながら思っていた。

知らず識らず道を急いだせいか、暖かな陽気のせいか、武家地を歩くところには額にうっすらと汗をかいていた。足軽長屋を過ぎると行く手に雑木林が見えて、そこまでくるともう家に着いたような気になり、志乃は少し足取りをゆるめた。林は早春の間にいくらか緑を増やし、青空に向かって背伸びをしているようだった。去年の暮れにはじめて見たときの殺伐とした印象はなく、むしろほっとする光景だった。道端には八千草のところどころに空の色を映したような小さな水色の花が見えていて、

(岡太も気付くだろうか……)

思わず眺めながら歩いていたとき、少し先の木陰で何かが素早く動いたのを感じて志乃は顔を上げた。と同時に、日を背にした黒い人影が見えてはっとした。人影は痩せて背が高く、逃げ場のない細い野路に立ちはだかると、

「久し振りだな」

と言った。野太い声の主は松井十之進だった。十之進は驚いて黙っている志乃の手をさっと握ると、それまで潜んでいた木陰へ連れ込み、いきなり肩を抱いた。

「会いたかったぞ、おれは八郎のように薄情ではないからな」

それから志乃の口を吸おうとしたが、彼女は咄嗟の力で押し退けて後退りした。

「いまさら、どういうおつもりですか」

内心、震えながらそう言うと、十之進はおや、という顔をした。会えば志乃がもたれ込ん

でくると考えていたのだろう、志乃を凝視した眼に表われた驚きはたちまち疑念に変わり、女を変えたものを見極めようとしているようでもあった。

「どういうおつもりか……」

十之進は薄笑いを浮かべながら歩み寄ってきた。

「それはこちらが訊きたいな、あれほど楽しませてやったではないか」

「島村にそそのかされてしたことでしょう」

「……」

「島村もあなたも卑劣です」

するとと十之進は低い笑い声を洩らした。

「言い草だな、そういうおまえは楽しまなかったとでも言うのか、国枝さまが知ったらどう思われるか、いや、その前に亭主に知らせてやろうか」

「言えるものなら言ってごらんなさいまし」

欲望の見え透いた男へ、志乃は恐れと憎しみに任せて言ったが、十之進の恫喝は出任せにしても的を射たものだった。

「あんな男のどこがいいのだ」

女の心が自分から離れたと見るなり、彼は岡太を侮蔑する言葉を吐いた。

「柔術師範か何か知らんが、要は郡方でしくじり干された男ではないか、十俵二人扶持では女房の襦袢も買えまい」

「いらぬお世話です」

志乃は気丈にも言い返したが、一方では十之進の言ったしくじりという言葉が気になっていた。嫁ぐにあたり島村は何も言わなかったし、岡太も言わなかった。するとやはり岡太は岡太で隠し事があるのだろうか。ひょっとしたらそういうことが原因で同衾をためらっているのだろうかと思っていたとき、

「目を覚ませ、間抜けな男に嫁いで間抜けになったか」

と十之進が声を荒らげた。

「世間ではな、岡本岡太は阿房の唐名と言って、弟子に教授するどころか女子供にまで見下されておる」

「嘘です、岡本はそのような人ではありません」

「ほう、何も知らぬとみえるな」

ならば教えてやろうと言って十之進がはじめた話はしかし、志乃には中傷と悪意に満ちているとしか思えなかった。

二年前の秋に嵐が領内を襲い、水害が懸念されたとき、郡廻りだった岡太は奉行の指図

で汐見川の二番堰へ出向いていた。二番堰のすぐ近くには洪水のときに水を放出するため
に造られた水門があり、開けると水は堀に導かれて畑から海へ向かって流れるようになっ
ている。水門とは反対側の土手が決壊すると稲に甚大な被害が生じるからで、藩が大金を
かけて堀とともに普請したのである。むろん岡太も水門の役目は知っていたし、そのため
に駆け付けたのだが、いったん門を開けると広大な畑地が冠水してしまうので、開けるに
は氾濫の危険を見極めてかからなければならない。その判断をするのが岡太と彼の同僚の
役目だった。

その日の夕刻に襲った嵐は雨よりも風が激しく、当初は風害が予想されたが、夜になり
風が治まると、逆にすさまじい雨をもたらした。下流に近い二番堰のあたりでも川はみる
みる増水し、やがて鉄砲水のような濁流が押し寄せてきた。むろん堰はすでに切ってあり、
水門には近在の村から駆け付けた労役の百姓が二十人ほどいて、その指揮を岡太がとって
いた。少なくともそのときまでは、岡太は奉行にも百姓にも信頼されていたのである。

ところが、いよいよ川が氾濫しそうになって水門を開けようとしたとき、見張りに立っ
ていた百姓のひとりが足をとられて土手から堀へ落ちてしまった。水門を開ければ男は間
違いなく溺れ死ぬだろうし、男が自力で這い上がるのを待っていたら、その前に下流で土
手が決壊するかも知れない。岡太はどちらをとるか、すぐさま決断しなければならなかっ

た。

「ところが、あの間抜けは百姓を助けたのだ」

十之進は唇を歪（ゆが）めて言った。同僚の男は岡太に取り付いて、開けましょうと叫んでいたという。

「かわりに二千石の米を腐らせ、城下まで水浸しにした、本来ならば腹を切ってしかるべきところ、抜け抜けと生き長らえておる」

要するに奴は侍の屑（くず）だ、と十之進は言った。けれども、それなら藩は岡太の処分に斟酌（しんしゃく）を加えたことになり、減俸と役替えだけで済んだのは、むしろ大きな過失がなかったからではないだろうか。少なくとも人ひとりの命は救い、同僚の責任も負っている。仮に水門を開けていたとしても、稲田の冠水を食い止められたかどうかは怪しい。おそらくそこに藩の斟酌もあるのだろう。十之進の話から悪意を取り除き、志乃が推（お）した事実とはそういうものだった。

「どうだ、目が覚めたか」

十之進が言ったが、志乃は憮然（ぶぜん）として黙っていた。この男なら迷わず水門を開けるだろうと思ったが、そういう男と、自分は誰よりも愚かな真似をしてきたのだった。急に膨らんだ良心の重さにうなだれていると、十之進は五日後の暮れ六ツ（午後六時頃）に山下町の稲荷で待っている、と言った。

「茶屋で待ちぼうけは御免だからな、必ず来い、さもなくば洗いざらいぶちまけるぞ」

恫喝を撥ね付ける気力も清さもなく、志乃は意志とは逆に力なくうなずいた。やはり岡太に知られたくはなかったし、十之進の目付きには餌食を竦み上がらせる蛇のような凄気が溢れていたからである。

四

火点し頃になり岡太が帰ってきたとき、志乃は夕餉の支度を終えた台所で、板の間の框につくねんと座っていた。竈の残り火が煌々と輝いて見えるほど家の中は暗くなっていたが、それにもまだ気付かなかった。

（ひょっとしたら、相馬八郎もいずれ何か言ってくるのではないか……）

松井十之進と別れて間もなく、志乃は歩きながらふと思った。すると、あれもこれもと心配になりだしたのである。

志乃には二人の男との関りのほかに、脅されてもおかしくない、いくつかの心当たりがあった。城下の小間物屋で万引きをしたり、中間を連れて夜の町を気の向くままに徘徊したりといったことである。当時は些細なことに思われたが、思い返してみるとどれもこれもぞっとするようなことばかりで、その眼で非行を見ている小間物屋の男や中間が律儀に黙っているとは限らなかった。

(あのころはどうかしていたのです……)

後悔とともに襲ってきた言い知れぬ不安に震えていると、

「どうした、そんなところで……」

不意に岡太の声が聞こえた。振り向くと岡太は板の間に立っていて、ずっとそこにいたようにも見えた。

「お帰りなさいまし」

と志乃はあわてて応えたが、家の暗さに驚いて言い足した。

「すぐに灯を……」

「いや、わしが灯すからよい、それより飯を頼む、腹が空いた」

岡太が言って踵を返すのへ、

「旦那さま」

志乃は思わず呼び止めたが、振り向いた男の笑顔に向かって助けを求める言葉は続かなかった。

「何かあったのか」

「いいえ、別に……ただ……」

「ただ？」

「その、わたくしはずっとここに置いていただけるのでしょうか」

志乃は少し間を置いてから応えた。気持ちの通りに声がやや上擦っていた。

岡太は、むろんだと言い、

「ここの暮らしに飽きて、そなたが出てゆきたいというのなら別だが、まことの夫婦になるのはこれからだからな」

そう付け加えると、笑いながら居間のほうへ去っていった。志乃はいくらかほっとしたような、何もかも打ち明けてしまいたいような気持ちで立っていたが、岡太の驚く顔やその後のことを思うと、やはり決心はつかなかった。

夕餉の間も十之進の顔が思い浮かび、沈んでいた志乃のようすを、岡太は自分のせいだと考えたのかも知れない。食事が済むと、彼は茶を飲みながら自ら切り出した。

「二年前のことだが、そろそろ話しておいたほうがいいだろう」

「……」

「島村さまから聞いているかも知れぬが、わしが役替えになったのはお役目に重大な過失があったからだ」

「……」

「少しは知っているのか」

「はい、ですが、やむを得ないことではなかったかと存じます」

志乃は岡太の妻として十之進にもはっきりとそう言うべきだったと思いながら、夫の顔を見つめた。丸く大きな顔ははじめて見たときの粗忽な印象と違い、いまでは不思議なほど思慮深く見える。穏やかな物言いに加えて、物事を眼を眇めずに見るせいだろうか。

「あのときは目の前にいる一人の男を見殺しにはできなかった、だがその結果、わしは大量の米を台無しにし、結局は御家も百姓も困らせたのだ」

と岡太は静かな口調で続けた。

「百姓の中には、その後暮らしが立たずに逃散したものもおる、つまりは目先の小事にとらわれ大事を見あやまったことになる、幸い重科は免れたが、柔術師範とは名ばかりで講武所の掃除役と言ったほうがいい、そういう男に嫁いだことを志乃が悔やまぬほうがおかしいと思っている」

「そのようなことはございません」

「まあ、聞きなさい」

と言って岡太は微笑した。

「しかし、あの百姓の命は御家にとっては小事でもわしには大事だった、あのとき水門を開けていたら稲は守れたかも知れぬが、いまよりさらに後悔しただろう、わしはそういう女々しい男だ……だが志乃がそれでもいいと思うのであれば、いつまでもここにいてもらいたい、ただし、分かっているだろうが贅沢はさせてやれん、そのかわり何の気兼ねもいらんということだ」

志乃は岡太の心遣いに胸を打たれて済まなく思ったが、彼のように自分の過ちをさらりと打ち明けることはできなかった。岡太の過ちが人として大きな過ちではないように思われるのに対し、自分の犯した過ちは女子として取り返しのつかないものである。夫と死別したわけでもないのに三度も嫁ぎ、そのうえ夫以外の男がいたなどと言って、そうかと聞いてくれる男がいるとは思えない。たとえ聞いてくれたとしても話はそこまでのことで、土台許されることではないだろう。岡太に心を許せば許すほど、志乃は打ち明けるのが恐ろしくなり黙っていた。

それでも今日こそは打ち明けようと思い悩むうちに五日が過ぎてしまい、松井十之進との約束を果たす刻限が迫ると、彼女は十之進と戦う覚悟で山下町へ向かった。

もしも力尽くで茶屋へ連れていかれたときは、その場で自裁しよう。そう思い、念のために笄(こうがい)は銀の先端の鋭いものにし、帯には手短に経緯をしたためた岡太への書状を巻き込んでいた。その朝、岡太には気が向いたら町へ買物にゆくかも知れないと言ったのみで、帰りが遅くなるとも、どこで何を買うとも言わなかった。岡太は怪訝(けげん)な顔もせず、むしろ心から志乃を信じ切っているようすで、そのときは気を付けてゆくようにと言ったのみである。

日が伸びたらしく、城下の町屋に着いたときには空はまだいくらか明るかった。日の下で十之進に会うのははばかられ、志乃は山下町の手前の青物町をぶらぶらとしながら日が落ちるのを待った。家並みの雑然とした通りには八百屋に混じり、豆腐屋や魚屋といった小店が連なり、店先は夕餉の買物を急ぐ町屋の女たちで賑(にぎ)わっている。やがて通りも半ばを過ぎて魚屋の前へきたとき、彼女は店先の盥の中に蟹を見つけて立ち止まった。

よく見ると嫁いだ日に食べたものよりもやや大振りで姿も違っていたが、途端に鮮烈な茹で蟹の匂(にお)いを感じたように、蟹は岡太との暮らしそのものだった。あるときから志乃はそういう独特な匂いに馴れて癒(いや)されるようになった。潮風の染み込んだ雨戸や、湿っぽい台所の匂いもそうである。そうした匂いの集まりが志乃には家であり、とりわけ蟹のそれは、これから男に会いにゆく志乃を引き止めているかのようだった。

(でも、仕方がないわ……)

愚行と知りながら岡太に嫌われるくらいなら死んだほうがましだと、志乃は揺れる心で思いつめていた。不意に聞こえてきた六ツの鐘が二度で鳴りやみ、彼女は吐息をついて歩き出した。女を脅して呼び出すような男のために心から夫を裏切るような真似だけは決してすまい。歩きながら、繰り返しそれだけを思っていた。

人込みを抜けて山下町へ出ると、日の暮れた通りには華やかな軒行灯や提灯が灯り、志乃には恥ずかしいほどに明るかった。人目を避けるようにして、彼女は急ぎ足で稲荷のある横道へ入った。両側を板塀に挟まれた道は細く暗く、十五間ほどで行き止まりになっている。

道の中ほどまで来たとき、志乃は無意識に髪の笄を確かめた。そこから人影は見えなかったが、石燈籠の奥の闇には眼を光らせた粗暴な男が待っているはずであった。

五

「それは難儀であったな」

帰宅が遅くなった言いわけをすると、岡太は台所で自ら飯の支度をしながら、ともかく着替えてきなさいと言った。

「じきに飯も炊けるだろう」

「申しわけございません」

乱れた息を整える間もなく、志乃は青物町で買ってきた魚を置いて部屋へ下がった。あれから山下町の稲荷で小半刻ほど待ったものの、松井十之進は現われず、あわてて引き返してきたのである。五日前の十之進のようすからは約束を違えることなど考えられなかったが、小半刻も待ったのだから、そのことでとやかく言われる筋はないと思った。いずれまた何か言ってくるにしても、今度は逆手にとって断われるかも知れない。

(それにしても……)

あれほど脅しておきながら、なぜ十之進は現われなかったのだろうかと、志乃はともかくも無事に済んだことにほっとする一方で不思議に思っていた。自ら悪行を恥じて心を入れ替えるような男ではないし、たやすく諦めるような男でもない。とすると、よほどの急用でもできたのだろうかと思った。

だが、それにしても言付けくらいは寄越すだろう。何も分からないことが却って無気味だったが、しかし、いつもと変わらぬ岡太の顔を見、家の匂いを嗅ぐうちに不安は徐々にだが薄れていった。

着替えて居間へ行くと、もう膳の支度ができていて、岡太が座りなさいと言った。岡太は珍しく酒を飲んでいて、志乃も少しやらんかと盃をすすめた。

「では、ひとくちだけ……」

盃を取った志乃へ、岡太は酒を注ぐと、笑みを浮かべて言った。

「実は今日、久し振りに藤井さまにお会いしてな、近々お屋敷へ伺うように言われた」

藤井半右衛門は郡奉行で、かつては岡太の上司だった男である。二年前の過失は過失として処分に及んだが、それ以上に郡廻りとしての岡太の働きは認めていたそうで、その藤井から内々の話があるとすれば、考えられるのは郡方へ復帰する目処がついたか、あるいは志乃の実家の国枝家から何かしら言伝があるのだろう、と岡太は言った。だが、いまさら国枝家が志乃に関るはずがなく、志乃は役替えの話だろうと思った。

「それは大事にございます、きっと吉報ですわ」

「うむ、もしもそうだとすれば暮らしもいまよりは楽になる、志乃にもたまには贅沢をさせてやれるだろう」

「そのようなことはかまいません、わたくしはいまのままでも十分に幸せです」

と志乃は言った。岡太が世間に認められるのは嬉しいが、人目の多い組屋敷へ越したら二人の暮らしが壊されるような気がしたのである。贅沢が孤独にとって何の慰めにもならないことは誰よりもよく知っていたし、暮らしが楽になることで岡太が変わってしまうことのほうが恐ろしかった。

「本気になさらないかも知れませんが、ご出世より何より、ここの暮らしが気に入っております」

あわてて言い足した志乃へ、

「しかし、ずっとここで暮らすわけにもゆくまい、この荒屋に住み続けるということは御家の荷物として生きるということだからな」

と岡太は言った。

「それとも役替えの話のときは、お断わりしたほうがよいか」

「それは……」

志乃は返答に詰まってうつむいた。これまで誰にも必要とされず、何を頼りに生きればよいのかも分からなかった自分が、岡太という夫を得て変わりつつあるのは確かで、正直なところそれ以上のものもそれ以下のものもいまは欲しくなかった。

だがそれでは岡太の武士としての誇りや野心は満たされないだろう。それでなくても十之進のように粗暴で冷淡な男が世間では一目置かれ、岡太のように篤実(とくじつ)な人間が冷遇されているのはおかしいと思う。世の中を我が物顔に歩く人間が恵まれ、立場をわきまえる人間が疎外(そがい)される。自分もいつかは世に入れられたいと願ってきたように、岡太が郡方へ復帰したいと思うのは当然だった。

（でも、できることならここにいたい……）

その夜、志乃はひとり寝床の中で祈り続けた。こうして世間から離れていれば、いずれ十之進も忘れてくれるかも知れない。逆に近付けばそれだけ干渉もされるだろう。我儘なことは承知のうえで、もう過去へは引き戻されたくなかった。

だがその不安が現実となったのは、それから十日と経たない日のことだった。岡太の留守中に、今度は相馬八郎から呼び出しがあったのである。呼び出しの手紙には脅し文句とともにかつての愚行の数々が書かれていて、

（どうすればいいの……）

志乃はようやく摑みかけた幸福の縁から奈落へ突き落とされたような気がした。


「帰りは遅くなるかも知れん」

その朝、岡太はそう言って笑顔で出かけていった。

「今日は珍しく稽古を所望する人が五人もおってな、藤井さまのお屋敷へうかがう前にお相手をせねばならん」

「それではお疲れになるでしょう」

「なに、これも吉兆かも知れん」

なぜあのとき気付かなかったのだろうかと、志乃は夕闇の圧してきた木立の中で吐息をついた。まだ若い欅の木立は山下町の外れにあって、ほんの一足の小路の奥には子守地蔵が祀られている。その地蔵を背にして立ちながら、志乃は相馬八郎の足下を見つめていた。

「いまごろ岡本はわしの仲間が過日の礼をしている、今夜は十之進の分まで楽しませてもらうぞ」

そう相馬に言われるまで、岡太の稽古と今夜のことを結びつけて考えられなかったのである。あの夕、岡太が松井十之進を懲らしめたことにも驚いたが、すると岡太は何もかも承知していたのかと思った。

「何という卑劣なことをなさるのですか」

彼女は相馬を睨みつけた。岡太は藤井家へ行くどころか馬廻組の連中に痛めつけられている最中らしい。もしも約束の刻限に遅れたら、吉報どころか藤井半右衛門は憤慨するだろう。自分のために岡太が役替えの好機を逸するようなことになったらと思うと、目の前にいるかつての男への憎悪が燃え上がるのを感じた。

「このことは然るべき筋へ届け出ます、そして黒白をつけていただきます」

だが相馬はにやにやと笑って落ち着いていた。

「できるものならやってみろ、そなたはもちろん岡本もただでは済まんぞ」

「あなたも松井十之進も、そして島村も無事には済まないでしょう」

「そんなことはすぐに忘れさせてやる、さあ、来るんだ」

相馬が手を取ろうとした瞬間、志乃はさっと笄を引き抜き、自分の喉元へ突きつけた。

「岡本を裏切るくらいなら、ここで死にます」

「ほう、そんなもので死ねるか」

相馬はいったん手を引いたが、薄笑いは絶やさずに言った。盗賊改方として幾度も修羅場をくぐってきた男の顔には、女ひとりを相手にしているゆとりが見えた。だがそうして対峙したまま時が過ぎ、やがて夕闇が宵に変わると、その顔から高慢な笑いは消えて焦りの色が浮かんできた。

「いい加減にしろ、本気で死ぬつもりではあるまい」

「近付いたら本当に死にます」

「………」

「嘘だと思うなら試してごらんなさいまし」

志乃は軽く喉を突いてみせた。すると微かな痛みが走り、血が流れたようである。

相馬は呆れたように横を向き、分かった、分かった、と言った。

「もう何もせん、そのかわりそっちも届け出るのはやめてもらおうか」

「岡本はいかがなります、今日は大事な約束のある身でした」

「ふむ、相手は誰だ」

「郡奉行の藤井さまです」

藤井か、それも何とかしようと相馬は言ったが、そう言った瞬間、どう体を使ったのか、手刀が志乃の手首を打ち据え、握りしめていた笄はそれこそ赤子の手をねじるように奪われてしまった。

「甘くみたな、そんなことでこのおれが諦めると思うか」

相馬は嘲笑いながら言った。手は志乃の手首をきつく摑んでいる。そうされると、まったく動けないほどの力だった。

「いずれにしろ今夜はおれの言いなりになるしかあるまい、そなたが来なければ岡本は死ぬまで稽古を続けることになっている、早く茶屋から使いを出さぬと命が危うくなるぞ」

「卑怯もの……」

志乃は唇を嚙んでうなだれた。これで岡太との暮らしは壊れ、たとえ続くとしても殺伐とした形だけのものになるだろう。そう思うと、これまでになく恐ろしい孤独が待っているような気がした。

（まことの夫婦になるのはこれからだからな）

　そう言った岡太の声が聞こえたような気がして顔を上げると、表通りの店々が灯を点したらしく道の入口あたりが仄白く見えた。その薄明かりが流れて、欅の木立もぼんやりと闇に浮かんでいる。

　志乃は小声で、分かりましたと言った。と同時に小路の闇に何かが動いたような気がした。伏し目がちに眼を凝らすと、闇よりも黒いものが欅の木立の下で揺れているようであった。

「行くぞ」

　と相馬が言ったが、彼女は応えずにじっとその影を見つめた。卒然と胸に込み上げてきたのは、男と本当の夫婦であることの喜びだった。今日までただの一度も手を触れず、密かに妻の汚れた過去を清算してきたらしい男の深い考えや真情が一瞬にして飲み込めたのである。目の前の男には、その値打ちは分からぬだろうと思った。

（それにしても、どうしてむかしのことが分かったのでしょう……）

　不思議に思いながらも相馬の気を引くために顔を上げると、果たして彼は愉悦の眼で見返してきた。そして急に力を弛めて志乃を抱き寄せようとした。

「お待ちください」

志乃は言って、もう一度だけ力を振りしぼった。いくらか自由になった両手で相馬の胸を押しやりながら、しかし驚くほどはっきりとその匂いを感じていた。あたりに立ちこめているのは、松井十之進や相馬八郎との間には決して存在しない暮らしの匂いである。その匂いには女が生きてゆくうえで支えになるものがすべて含まれている気がした。しかもそれは知らぬ間に男が与えてくれたものである。自暴自棄になってふしだらに生きてきた末に身分も清さもなくしたが、もうあてどなく生きているわけではなかった。

(また大事を放り出して……)

不意に泣き笑いに笑みを浮かべた志乃へ、

「どうした、今度は泣き落としか」

と相馬が言った。その肩越しに、ひどくよろよろとだが、もうじき手の届くところまで近付いてきた岡太の影が見えた。

鯉（こい）

岡本綺堂

岡本綺堂（おかもと　きどう）

一八七二年生まれ。代表作に戯曲『修禅寺物語』『鳥辺山心中』『番町皿屋敷』、小説『三浦老人昔話』『青蛙堂鬼談』『半七捕物帳』など多数。一九三九年死去。

底本

『岡本綺堂読物選集3　巷談編』青蛙房　一九六九年

一

日清戦争の終った年というと、かなり遠い昔になる。もちろん私のまだ若い時の話である。夏の日の午後、五、六人づれで向島へ遊びに行った。そのころ千住の大橋ぎわにいい川魚料理の店があるというので、夕飯をそこで食うことにして、日の暮れる頃に千住へ廻った。

広くはないが古雅な構えで、私たちは中二階の六畳の座敷へ通されて、涼しい風に吹かれながら膳にむかった。わたしは下戸であるのでラムネを飲んだ。ほかにはビールを飲む人もあり、日本酒を飲む人もあった。そのなかで梶田という老人は、猪口をなめるようにちびりちびりと日本酒を飲んでいた。たんとは飲まないが非常に酒の好きな人であった。

きょうの一行は若い者揃いで、明治生まれが多数を占めていたが、梶田さんだけは天保五年の生まれというのであるから、当年六十二歳のはずである。しかも元気のいい老人で、いつも若い者の仲間入りをして、そこらを遊びあるいていた。大抵の老人は若い者に敬遠されるものであるが、梶田さんだけは例外で、みんなからも親しまれていた。実はきょうも私が誘い出したのであった。

「千住の川魚料理へ行こう。」

この動議の出たときに、梶田さんは別に反対も唱えなかった。彼は素直に付いて来た。さてここの二階へあがって、飯を食う時はうなぎの蒲焼ということに決めてあったが、酒のあいだにはいろいろの川魚料理が出た。夏場のことであるから、鯉の洗肉も選ばれた。梶田さんは例の如くに元気よくしゃべっていた。うまそうに酒を飲んでいた。しかも彼は鯉の洗肉には一と箸も付けなかった。

「梶田さん。あなたは鯉はお嫌いですか。」と、わたしは訊いた。

「ええ。鯉という奴は、ちょいと泥臭いのでね。」と、老人は答えた。

「川魚はみんなそうですね。」

「それでも、鮒や鯰は構わずに食べるが、どうも鯉だけは……。いや、実は泥臭いというばかりでなく、ちょっとわけがあるので……。」と、言いかけて彼は少しく顔色を暗くした。

梶田老人はいろいろのむかし話を知っていて、いつも私たちに話して聞かせてくれる。

その老人が何か子細ありげな顔をして、鯉の洗肉に箸を付けないのを見て、わたしはかさねて訊いた。

「どんなわけがあるんですか。」

「いや。」と、梶田さんは笑った。「みんながうまそうに食べている最中に、こんな話は禁物だ。また今度話すことにしよう。」

その遠慮には及ばないから話してくれと、みんなも催促した。今夜の余興に老人のむかし話を一席聴きたいと思ったからである。根が話し好きの老人であるから、とうとう私たちに釣り出されて、物語らんと坐を構えることになったが、それが余り明るい話でないらしいのは、老人が先刻からの顔色で察せられるので、聴く者もおのずと形をあらためた。

まだその頃のことであるから、ここらの料理屋では電燈を用いないで、座敷には台ランプがともされていた。二階の下には小さい枝川が流れていて、蘆や真菰のようなものが茂っている暗いなかに、二、三匹の蛍が飛んでいた。

「忘れもしない、わたしが二十歳の春だから、嘉永六年三月のことで……。」

三月といっても旧暦だから、陽気はすっかり春めいていた。尤もこの正月は寒くって、一月十六日から三日つづきの大雪、なんでも十年来の雪だとかいう噂だったが、それでも二月なかばからぐっと余寒がゆるんで、急に世間が春らしくなった。その頃、下谷の不忍の池浚いが始まっていて、大きな鯉や鮒が捕れるので、見物人が毎日出かけていた。

そのうちに三月の三日、ちょうどお雛さまの節句の日に、途方もない大きな鯉が捕れた。五月の節句に鯉が捕れたのなら目出たいが、三月の節句ではどうにもならない。捕れた場所は浅草堀——といっても今の人には判らないかも知れないが、菊屋橋の川筋で、下谷に近いところ。その鯉は不忍の池から流れ出して、この川筋へ落ちて来たのを、土地の者が見つけて騒ぎ出して、掬い網や投げ網を持ち出して、さんざん追いまわした挙げ句に、どうにか生け捕ってみると、何とその長さは三尺八寸、やがて四尺に近い大物であった。で、みんなもあっとおどろいた。

「これは池のぬしかも知れない、どうしよう。」

捕りは捕ったものの、あまりに大きいので処分に困った。

「このまま放してやったら、大川へ出て行くだろう。」

とは言ったが、この獲物を再び放してやるのも惜しいので、いっそ観世物に売ろうかという説も出た。いずれにしても、こんな大物を料理屋でも買う筈がない。思い切って放してしまえと言うもの、観世物に売れと言うもの、議論が容易に決着しないうちに、その噂を聞き伝えて大勢の見物人が集まって来た。その見物人をかき分けて、一人の若い男があらわれた。

「大きいさかなだな。こんな鯉は初めて見た。」

それは浅草の門跡前に屋敷をかまえている桃井弥十郎という旗本の次男で弥三郎という男、ことし廿三歳になるが然るべき養子さきもないので、いまだに親や兄の厄介になってぶらぶらしている。その弥三郎がふところ手をして、大きい鯉のうろこが春の日に光るのを珍らしそうに眺めていたが、やがて左右をみかえって訊いた。

「この鯉をどうするのだ。」

「さあ、どうしようかと、相談中ですが……。」と、そばにいる一人が答えた。

「相談することがあるものか、食ってしまえ。」と、弥三郎は威勢よく言った。

大勢は顔をみあわせた。

「鯉こくにするとうまいぜ。」と、弥三郎はまた言った。

大勢はやはり返事をしなかった。鯉のこくしょうぐらいは誰でも知っているが、何分にもさかなが大き過ぎるので、殺して食うのは薄気味が悪かった。その臆病そうな顔色をみまわして、弥三郎はあざ笑った。

「はは、みんな気味が悪いのか。こんな大きな奴は祟るかも知れないからな。おれは今までに蛇を食ったこともある、蛙を食ったこともある。猫や鼠を食ったこともある。鯉なぞは昔から人間の食うものだ。いくら大きくたって、食うのに不思議があるものか。祟りが怖ければ、おれに呉れ。」

痩せても枯れても旗本の次男で、近所の者もその顔を知っている。冷飯食いだの、厄介者だのと陰では悪口をいうものの、さてその人の前では相当の遠慮をしなければならない。さりとて折角の獲物を唯むざむざと旗本の次男に渡してやるのも惜しい。大勢は再び顔をみあわせて、その返事に躊躇していると、又もや群集をかき分けて、ひとりの女が白い顔を出した。女は弥三郎に声をかけた。

「あなた、その鯉をどうするの。」

「おお、師匠か。どうするものか、料って食うのよ。」

「そんな大きいの、うまいかしら。」

「うまいよ。おれが請け合う。」

女は町内に住む文字友という常磐津の師匠で、道楽者の弥三郎はふだんからこの師匠の家へ出這入りしている。文字友は弥三郎より二つ三つ年上の廿五六で、女のくせに大酒飲みという評判の女、それを聞いて笑い出した。

「そんなにうまければ食べてもいいけれど、折角みんなが捕ったものを、唯貰いはお気の毒だから……。」

　文字友は人々にむかって、この鯉を一朱（いっしゅ）で売ってくれと掛け合った。一朱は廉（やす）いと思ったが、実はその処分に困っているところであるのと、一方の相手が旗本の息子であるので、みんなも結局承知して、三尺八寸余（よ）の鯉を一朱の銀（かね）に代（か）えることになった。文字友は家から一朱を持って来て、みんなの見ている前で支払った。

　さあ、こうなれば煮て食おうと、焼いて食おうと、こっちの勝手だという事になったが、これほどの大鯉に跳ねまわられては、とても抱えて行くことは出来ないので、弥三郎はその場で殺して行こうとして腰にさしている脇指（わきざし）を抜いた。

「ああ、もし、お待ちください……。」

　声をかけたのは立派な商人ふうの男で、若い奉公人を連れていた。しかもその声が少し遅かったので、留める途端に弥三郎の刃（やいば）はもう鯉の首に触れていた。それでも呼ばれて振り返った。

「和泉屋（いずみや）か。なぜ留める。」

「それほどの物をむざむざお料理はあまりに殺生（せっしょう）でございます。」

「なに、殺生だ。」

「きょうはわたくしの志す仏の命日でございます。どうぞわたくしに免じて放生会（ほうじょうえ）をなにぶんお願い申します。」

和泉屋は蔵前の札差で、主人の三右衛門がここへ通りあわせて、鯉の命乞いに出たという次第。桃井の屋敷は和泉屋によほどの前借がある。その主人がこうして頼むのを、弥三郎も無下に刎ねつけるわけには行かなかった。そればかりでなく、如才のない三右衛門は小判一枚をそっと弥三郎の袂に入れた。一朱の鯉が忽ち一両に変わったのであるから、弥三郎は内心大よろこびで承知した。

しかし鯉は最初の一と突きで首のあたりを斬られていた。強いさかなであるから、このくらいの傷で落ちるようなこともあるまいと、三右衛門は奉公人に指図してほかへ運ばせた。

ここまで話して来て、梶田老人は一と息ついた。

「その若い奉公人というのは私だ。そのときちょうど二十歳であったが、その鯉の大きいにはおどろいた。まったく不忍池の主かも知れないと思ったくらいだ。」

二

新堀端に竜宝寺という大きい寺がある。それが和泉屋の菩提寺で、その寺参りの帰り途にかの大鯉を救ったのであると、梶田老人は説明した。鯉は覚悟のいいさかなで、ひと太刀をうけた後はもうびくともしなかったが、それでも梶田さん一人の手には負えないので、そこらの人達の助勢を借りて、竜宝寺まで運び込んだ。寺内には大きい古池があるので、傷ついた魚はそこに放された。鯉はさのみ弱った様子もなく、洋々と泳いでやがて水の底に沈んだ。

仏の忌日にいい功徳をしたと、三右衛門はよろこんで帰った。しかも明る四日の午頃に、その鯉が死んで浮きあがったという知らせを聞いて、彼はまた落胆した。竜宝寺の池はずいぶん大きいのであるが、やはり最初の傷のために鯉の命はついに救われなかったのであろう。乱暴な旗本の次男の手にかかって、むごたらしく斬り刻まれるよりも、仏の庭で往生したのがせめてもの仕合わせであると、彼はあきらめるのほかはなかった。

しかもここに怪しい噂が起こった。かの鯉を生け捕ったのは新堀河岸の材木屋の奉公人、佐吉、茂平、与次郎の三人と近所の左官屋七蔵、桶屋の徳助で、文字友から貰った一朱の銀で酒を買い、さかなを買って、景気よく飲んでしまった。すると、その夜なかから五人が苦しみ出して、佐吉と徳助は明くる日の午頃に息を引き取った。それがあたかも鯉の死んで浮かんだのと同じ時刻であったというので、その噂はたちまち拡がった。二人は鯉に祟られたというのである。なにかの食い物にあたったのであろうと物識り顔に説明する者もあったが、世間一般は承知しなかった。彼等は鯉に執り殺されたに相違ないという事に決められた。他の三人は幸いに助かったが、それでも十日ほども起きることが出来なかった。

その噂に三右衛門も心を痛めた。結局自分が施主になって、寺内に鯉塚を建立すると、この時代の習い、誰が言い出したか知らないが、この塚に参詣すれば諸願成就すると伝えられて、日々の参詣人がおびただしく、塚の前には花や線香がうず高く供えられた。四月廿二日は四十九日に相当するので寺ではその法会を営んだ。鯉の七々忌などというのは前代未聞であるらしいが、当日は参詣人が雲集した。和泉屋の奉公人らはみな手伝いに行った。梶田さんも無論に働かされて、鯉の形をした打物の菓子を参詣人にくばった。

その時以来、和泉屋三右衛門は鯉を食わなくなった。主人ばかりでなく店の者も鯉を食わなかった。実際あの大きい鯉の傷ついた姿を見せられては、すべての鯉を食う気にはなれなくなったと、梶田さんは少しく顔をしかめて話した。

「そこで、その弥三郎と文字友はどうしました。」と、私たちは訊いた。

「いや、それにも話がある。」と、老人は話しつづけた。

桃井弥三郎は測らずも一両の金を握って大喜び、これも師匠のお蔭だというので、すぐに二人連れで近所の小料理屋へ行って一杯飲むことになった。文字友は前にもいう通り、女の癖に大酒飲みだから、いい心持に小半日も飲んでいるうちに、酔ったまぎれか、それとも前から思召があったのか、ここで二人が妙な関係になってしまった。つまりは鯉が取り持つ縁かいなという次第。元来、この弥三郎は道楽者の上に、その後はいよいよ道楽が烈しくなって、結局屋敷を勘当の身の上、文字友の家へころげ込んで長火鉢の前に坐り込むことになったが、二人が毎日飲んでいては師匠の稼ぎだけではやりきれない。そんな男が這入り込んで来たので、いい弟子はだんだん寄り付かなくなって、内証は苦しくなるばかり。そうなると、人間は悪くなるよりほかはない。弥三郎は芝居で見る悪侍をそのままに、体のいい押借りやゆすりを働くようになった。

　鯉の一件は嘉永六年の三月三日、その年の六月二十三日には例のペルリの黒船が伊豆の下田へ乗り込んで来るという騒ぎで、世の中は急にそうぞうしくなる。それから攘夷論が沸騰して浪士らが横行する。その攘夷論者には、勿論まじめの人達もあったが、多くの中には攘夷の名をかりて悪事を働く者もある。

　小ッ旗本や安御家人の次三男にも、そんなのがまじっていた。弥三郎もその一人で、二、三人の悪仲間と共謀して、黒の覆面に大小という拵え、金のありそうな町人の家へ押し込んで、攘夷の軍用金を貸せという。嘘だか本当だか判らないが、忌といえば抜き身を突きつけて脅迫するのだから仕方がない。

　こういう荒稼ぎで、弥三郎は文字友と一緒にうまい酒を飲んでいたが、そういうことは長くつづかない。町方の耳にもはいって、だんだんに自分の身のまわりが危なくなって来た。浅草の広小路に武蔵屋という玩具屋がある。それが文字友の叔父にあたるので、女から頼んで弥三郎をその二階に隠まってもらうことにした。叔父は大抵のことを知っていながら、どういう料簡か、素直に承知してお尋ね者を引き受けた。それで当分は無事であったが、その翌年、すなわち安政元年の五月一日、この日は朝から小雨が降っている。その夕がたに文字友は内堀端の家を出て広小路の武蔵屋へたずねて行くと、その途中から町人風の二人連れが番傘をさして付いて来る。

脛に疵もつ文字友はなんだか忌な奴等だとは思ったが、今更どうすることも出来ないので、自分も傘に顔をかくしながら、急ぎ足で広小路へ行き著くと、弥三郎は店さきへ出て往来をながめていた。

「なんだねえ、お前さん。うっかり店のさきへ出て……。」と、文字友は叱るように言った。

なんだか怪しい奴がわたしのあとを付けて来ると教えられて、弥三郎もあわてた。早々に二階へ駈けあがろうとするのを、叔父の小兵衛が呼びとめた。

「ここへ付けて来るようじゃあ、二階や押入れへ隠れてもいけない。まあ、お待ちなさい。わたしに工夫がある。」

五月の節句前であるから、おもちゃ屋の店には武者人形や幟（のぼり）がたくさんに飾ってある。吹流し（ふきながし）の紙の鯉も金巾（かなきん）の鯉も積んである。その中で金巾の鯉の一番大きいのを探し出して、小兵衛は手早くその腹を裂いた。

「さあ、このなかにおはいりなさい。」

弥三郎は鯉の腹に這い込んで、両足をまっすぐに伸ばした。さながら鯉に呑（の）まれたかたちだ。それを店の片隅にころがして、小兵衛はその上にほかの鯉を積みかさねた。

「叔父さん、うまいねえ。」と、文字友は感心したように叫んだ。

「しっ、静かにしろ。」

言ううちに、果たしてかの二人づれが店さきに立った。二人はそこに飾ってある武者人形をひやかしているふうであったが、やがて一人が文字友の腕をとらえた。

「おめえは常磐津の師匠か。文字友、弥三郎はここにいるのか。」

「いいえ。」

「ええ、隠すな。御用だ。」

ひとりが文字友をおさえている間に他（た）のひとりは二階へ駈けあがって、押入れなぞをがたびしと明けているようであったが、やがてむなしく降りて来た。それから奥や台所を探していたが、獲物（えもの）はとうとう見付からない。捕り方はさらに小兵衛と文字友を詮議したが、二人はあくまでも知らないと強情を張る。弥三郎は一と月ほど前から家を出て、それぎり帰って来ないと文字友はいう。その上に詮議の仕様もないので、捕り方は舌打ちしながら引き揚げた。

ここまで話して来て、梶田さんは私たちの顔をみまわした。

「弥三郎はどうなったと思います。」

「鯉の腹に隠れているとは、捕り方もさすがに気がつかなかったんですね。」と、わたしは言った。

「気がつかずに帰った。」と、梶田さんはうなずいた。「そこでまずほっとして、小兵衛と文字友はかの鯉を引っ張り出してみると、弥三郎は鯉の腹のなかで冷たくなっていた。」

「死んだんですか。」

「死んでしまった。金巾の鯉の腹へ窮屈に押し込まれて、又その上へ縮緬(ちりめん)やら紙やらの鯉をたくさん積まれたので窒息したのかも知れない。しかも弥三郎を呑んだような鯉は、ぎっしりと弥三郎のからだを絞めつけていて、どうしても離れない。結局ずたずたに引き破って、どうにかこうにか死骸を取り出して、いろいろ介抱してみたが、もう取り返しは付かない。それでもまだ未練があるので、文字友は近所の医者を呼んで来たが、やはり手当ての仕様はないと見放された。水で死んだ人を魚腹に葬られるというが、この弥三郎は玩具屋の店で吹き流しの魚腹に葬られたわけで、こんな死に方はまあ珍らしい。

竜宝寺のあるところは今日の浅草栄久町で、同町内に同名の寺が二つある。それを区別するために一方を天台竜宝寺といい、一方を浄土竜宝寺と呼んでいるが、鯉の一件は天台竜宝寺で、その鯉塚は明治以後どうなったか、わたしも知らない。」

若い者と付き合っているだけに、梶田さんは弥三郎の最期を怪談らしく話さなかったが、聴いている私たちは夜風が身にしみるように覚えた。

隠し味

土橋章宏

土橋章宏（どばし　あきひろ）

一九六九年生まれ。二〇一一年、「超高速！参勤交代」で優秀な映画脚本に贈られる城戸賞を受賞。一三年、同名の小説で作家デビュー。一四年、同作が映画化され、第三十八回日本アカデミー賞最優秀脚本賞を受賞。他の著書に『幕末まらそん侍』『引っ越し大名三千里』『駄犬道中おかげ参り』『身代わり忠臣蔵』など。

底本
『池波正太郎と七人の作家　蘇える鬼平犯科帳』文藝春秋　二〇一七年

一

「また来てやがるぜ」

調理場から店の中をのぞき、利吉（りきち）は眉をひそめた。

着流し姿の、初老の浪人が一人、ゆっくりと飯を食っている。

深川は仙台堀のそばにある一膳飯屋〔萩屋（はぎや）〕の中であった。

利吉はそこの料理人である。

浪人の他には、近くの河岸（かし）で力仕事を生業（なりわい）としている男の客ばかりであった。

「よほど食い意地が張っているんでしょうね」

下働きの亀蔵（かめぞう）が苦笑まじりに言った。

「だからって毎日来るやつがあるかい。武士のくせに」

「ま、旦那がいいっておっしゃっているんだから」

「でもなぁ。ここはもともと町人のための飯屋だからな」

利吉はまたぶつぶつと言った。

この店には献立がない。いつも一日一品の膳である。

とはいえ、出すものは日によって変わる。その日の旬の食材を見て利吉が決めるのだ。

料理は早朝から仕込み、めいっぱい手をかける。選ぶ食材もすべて一級品だった。

そこらの気取った料亭ではとうてい真似のできない味なのである。

この日は、山葵丼に墨烏賊の刺身であった。山葵丼の鰹節は、カビ付けをした土佐節で、山葵は伊豆のものを使い、へたのすぐ下のもっともおいしい部分をすりおろしたものである。熱い白飯の上に、細かい鰹節を惜しみなくかけ、湯気で踊っているところに、すりたての山葵を載せる。味付けは出汁醤油のみだ。墨烏賊は今朝あがったばかりのもので、きっちり水を抜いて締めてあるから、身は透けて見える。生け簀に水や墨が混じっていると烏賊の身は白くなるから、腕のいい漁師から仕入れねばならない。

しかしこれだけ手をかけても、出す料理の値段はあたりの一膳飯屋より五文ほど安い。これは萩屋の主人、善次郎の考えによる。若くして材木の商いで財を成した善次郎は、もともと働く必要などない。ただ、世の中に対する奉仕として安い飯を提供している。採算をとろうとは考えていない。

といっても、この店に来る庶民には、味の違いなどそうわからない。そもそも料亭で料理など食べたことがなく、とにかく腹を満たせればいいという者ばかりだ。ただ少し安いからというだけで来ている者も多かった。

善次郎は、

「でもいいんだ。貧しくてもな、精一杯働く者たちに、金持ち連中の食うような、うまいものを食わしてやりたいんだよ」

と、よく言う。

給金はたっぷり出るので、利吉にも否やはない。

ただ、毎日来るあの浪人だけはどうもこの店の特別な味をわかっているようなのである。安くてうまいと知っているから、毎日来るのだろう。その根性が卑しいし、善次郎の方針にもそぐわない。このままでは貧しい者を押しのけ、味を知った者たちばかりが来るようになるのではないか。

そんな不安もあった。

「利吉さん。そろそろ休んでくださいね」

善次郎の娘、お光がやってきて明るい声をかけた。

「ええ、夜の仕込みも、もうすぐ終わりますから」

利吉は声のほうを見ないで返事をした。

顔の火照り(ほて)を悟られないようにするためである。店の一人娘でありながら、奉公人にも気さくに接するし、顔も色白で愛嬌がある。利吉はそんなお光に憧れていた。

しかし手を出すことはできなかった。店主の娘と一介の奉公人では釣り合わないし、何より、利吉にはもう一つ別の顔があったからである。

「ちょっと煙草(たばこ)を吸いに行ってきやす」

そう声をかけて、利吉は店から半町ほど離れた川べりに行った。手頃な石に腰掛け、煙管(きせる)をふかしていると、女が近づいてきた。

お種(たね)という名の女である。

「首尾はどうです？」

お種が近くの石に腰をかけ、利吉と同じように煙管を取り出した。

「ああ。あいかわらずさ」

「親分は今、小田原にいるそうです」

「じゃあもうじき江戸だな」

「ええ。いよいよおつとめに入りますよ」

「そうか」

利吉は広い川面を見た。昔から水の流れを見るのが好きだった。川原にはまだ冷たさを含む初春の風が吹き渡っている。もうすぐ桜の花も開くだろう。利吉は長かった萩屋での日々を思った。

だがもうすぐ終わる。

利吉は盗賊の〔引き込み役〕であった。


利吉もかつてはただの料理人で、浜松で父と一緒に小さな店を切り盛りしていた。しかし十八になったとき、

「よその釜の飯を食ってこい」

と、父に言われ、伊豆の高名な料理人について修業した。父もかつては京の名店で修業したという。親子なら情が入るが、師が他人ならばそれもない。他の弟子たちと一緒に、利吉は何百個もの芋の皮を毎日むいた。父といられないことをさびしくも思ったが、厳しい修業がもともと性に合っていたらしい。めきめきと腕を上げ、日々の献立も利吉の裁量に任せられるようになった。

しかしある日、父が侍に斬られた。出した料理の中に、嫌いな梅肉が入っていたという

のである。

侍は浜松藩の身分の高い藩士であり、そのとき店にいた者は、あとを恐れて誰も奉行所に言い立てなかった。その結果、利吉の父は正体不明の者に斬られたということで、早々と埋葬されてしまった。店の許しをえて急ぎ故郷に帰った利吉は訴え出ようとしたが、誰も証人になろうとせず、泣き寝入りするしかなかった。

利吉はその日以来、料理の修業をやめた。酒に溺れ、博打場で身を持ち崩し、そのまま死のうかと思ったとき、盗みに誘われたのである。

男の名は〔凪の藤兵衛〕といった。

「かんたんなものさ。段取りはすべてつけてある。お前さんは千両箱をかついで運ぶだけでいいんだ」

藤兵衛は優しく言った。

利吉は泥棒などまったくする気はなかった。しかし、盗みの相手を聞いて気が変わった。

「お前さん、仇を取る気はないのか」

藤兵衛が言った。初めはなんのことかわからなかったが、盗みに入る先は、父を斬った侍の屋敷だという。

「相手は侍だぞ。そんなことできるのか？」

「侍だからむしろいい。町方の連中もおいそれと中に踏み込めないからな」

藤兵衛はふてぶてしく笑った。その侍は田沼時代の賂を溜めたのか、たいそうな金持ちで、蔵には小判が唸っているという。

利吉は仲間に入ると言った。どんな形でも相手に痛手を与えてやりたい。

月のない夜、藤兵衛一味に加わり、武家屋敷に忍び入った。驚いたことに、屋敷に着くやいなや門がするりと中から開いた。見張りもおらず、人々は深く寝入っている。石切の源助という男が、できたてで銀色に光る鍵を懐から取り出し、蔵の錠前に差し入れると、鍵はかちりと開いた。

（なんだこれは）

利吉は目をみはった。盗みというのは、こんなにたやすく行われるものなのか——。

藤兵衛の言うとおり、利吉は千両箱をかついで歩くだけで、盗みは成功し、たっぷりとした分け前にもあずかった。

「こんなにたやすくいくものなんですね」

利吉が言うと、源助が鼻で笑った。

「お前、何か勘違いしてるんじゃないか」

一味の見張り役をつとめるお種も厳しく言った。

「このおつとめには三年もかけたんだからね。あんたはいいところだけを見たからそう思うんだよ」

詳しく聞くと、凪の藤兵衛の一味は、まず盗みに入る商家などを見てまわる〔嘗め役〕を使って狙いを定めた屋敷に引き込みを入れる。引き込みの者は、錠前の蠟型を取って源助に渡し、合い鍵を作らせる。準備万端整えたあと、警戒のゆるい、春や秋の寝やすい晩を選んで忍び入る。それでようやく盗みは成功するのだという。

「お前を誘ったのは、仇を討たせてやりたかったのもあるが、うちの引き込み役にもぴったりだと思ったからなんだよ」

藤兵衛がうまそうに酒を飲みながら言った。今の一味の引き込み役は、もう七十を超えるので、そろそろ引退させようと思っていると言う。その後釜にどうか、という誘いであった。

「こうやって無事引退し、畳の上で死ねるのは、俺が盗みの三ヶ条をきっちり守ってるからさ」

藤兵衛は重々しく言った。

「人を殺めぬこと。女を手込めにせぬこと。そして盗まれて難儀をする者へは手を出さぬこと。こいつを守らねえやつは盗人の風上にも置けねえ。ましてやいきなり押し込んで、中の者を殺してまわる急ぎ働きなど、とんでもねえことだ」

頭の言葉を聞いて、一味の者もみな頷いた。三ヶ条を守るためには手間もかかるが、それが成功すれば家の中の者が誰も忍び入られたことにも気づかず、いく月もたってからようやく盗まれたことがわかることもあるという。波風を立てず、静かに盗むのが凪の藤兵衛といわれる名の由来ということだった。

利吉の仇の侍のほうでも、金を盗まれたことにしばらく気がつかなかったようで、藩の参勤交代のために出金する段になり、ようやく蔵が荒らされていることがわかった。そして藩の裁きにより、

「盗人に大事の金を奪われるとは、士道不覚悟なり」

と、家はお取り潰しとなった。

利吉は痛快であった。父を斬った侍に、この手で仇を討てたのである。

それ以来、利吉は藤兵衛一味に入り、引き込みとして働くようになった。

二

お種と別れ、萩屋に戻ると、お光が額に珠のような汗を浮かべ、鍋を洗っていた。

「お嬢さま、俺がやります」

慌てて声をかけたが、

「いいんです。私にもやらせてください」

と、お光は手を休めない。

しかたないので利吉は、他の鍋を急いで洗った。お光の、あかぎれもない白い手が傷むのが嫌だった。

お光は狭い洗い場で真横に立ち、熱心に鍋を拭いている。うなじの襟元あたりから、ほのかにいい匂いが漂ってきた。

(いい娘だ。生まれてからずっとまっすぐ育ってきたんだろうなぁ)

こんな女と夫婦(めおと)になれたら、などと頭の端でちらりと思う。しかし、自分は汚れた根無し草であるし、何より、この店に盗人の引き込みとして入っている。お光と結ばれるはずもない。

そう自分に言い聞かせても、お光は美しく、愛らしかった。

利吉はそんなお光と、ただときどき言葉を交わすだけで十分だと思った。やがて離れるときが来る。

ようやく鍋を洗い終わり、お光に、もうあがるように声をかけようとした。

きっとお光は輝かしい笑顔を見せてくれるだろう。

だが期待を込めて、お光のほうを向いた瞬間、

「勘定をたのむ」

と、声がした。

毎日やって来る、あのしつこい浪人である。

お光の笑顔が見られず、むっとしながらも、

「へい。ありがとうございやす」

と、笑みを向けた。料理人としても、そして盗人としても、たっぷり修業をつんでいる笑顔である。

卓に置かれた銭を受け取ろうとしたとき、いつもは寡黙な浪人が口を開いた。

「待て」

「えっ？　なにか……」

「お主、盗んだな」

浪人は利吉の目を見据え、ずばりと言った。

「は……？　そ、そんなこと……」

声が我知らず震えた。なぜおつとめのことがばれたのか。

「いや、盗んだに違いない。知っているぞ」

そう言って、浪人が急に人なつっこく笑った。

「この味、盗んだであろう」

「味……、ですか？」

静まらない胸の高鳴りを感じながら利吉はかろうじて答えた。どうやら、盗人稼業のことがばれたのではないらしい。

「どこで食べたかのう、これは。確かに同じふろふきの大根よ。お主、盗んだであろう」

利吉はようやく胸をなで下ろして答えた。

「いえ、これは私にしか作れないものです。きっとお侍さまの勘違いでございましょう」

「そうか。おかしいのう。たしかに食べたことがあるのだが」

浪人は腕組みした。真剣に悩んでいるらしい。

この料理は昔、父に教わったとっておきのものである。大根の輪切りの中心を丸くくりぬき、そこにすっぽりと同じ大きさの蕪が入っている。食べ始めはぴりりとするが、端から食べるうちに蕪に至り、柔らかくなる。外と中では歯ごたえと味が違い、一つの料理で二つの旬を味わうことができるのだ。

「似たような料理の工夫を誰かが考えついたのかもしれませんがね」

種明かしせず、利吉は言った。

「ははは、これはしたり。盗んだとは言い過ぎたな」

浪人は頭を掻いた。何やら愛嬌のある侍である。

しかし浪人は最後に言った。

「まあ確かにあれに比べると、お主のふろふきには一つ足りぬものがある。惜しい」

「足りないもの？」

「うむ。しかしこれも悪くなかった。また来よう」

浪人は珍しく、代金の他に心づけも置いていった。

「今日は懐が温かかったようですね」

亀蔵がにやにやしながら言った。

利吉は心づけをそのまま亀蔵に渡した。

「とっておけ」

「えっ、いいんですかい？」

「ああ。侍は嫌いだ」

利吉は言って、川べりに向かった。

（おつとめは半年後か）

川岸の石に腰掛け、利吉は煙草の煙を吹き出した。

萩屋に来て、もう二年半になる。

引き込みの三年は長い。しかしそれだけあれば、他の使用人と気心を通じ、いわば家族のような存在となる。盗人の〔三ヶ条の掟（おきて）〕を守るためには、それくらいの下ごしらえをしないとうまくいかない。

利吉は料理人として誠心誠意尽くしてきた。大金を盗みに入るのだから、働くのはその代償でもある。熱心に働くと、それは店の者にも通じ、よけいに家族に近しい存在となる。

利吉も、なかば自分が引き込みであることを忘れて働くようになっていた。それでいいのだ、と藤兵衛も言う。自らが盗人であることを忘れるくらいなら、他の者が警戒するはずもない。

時がすぎ、店の者の名も、それぞれにどういった家族がいるのかもすっかり覚えていた。同じ釜の飯を食っている。このままいけば、おつとめはうまくいくだろう。

しかし事件が起こった。

藤兵衛が急死したのである。

三

「ぽっくりいっちまったんだ。あわてて医者を呼んだけど、どうにもならなかったんだよ」

お種が、やつぎばやに言った。

お種は盗みのときには見張りをやり、普段は子分たちとの連絡役（つなぎ）である。

「なんで死んだんだ。卒中か？」

「たぶんそうだろうね」

「じゃあ、このおつとめはやめかい？」

利吉はたずねた。おつとめをしないなら、この二年半は無駄になる。

「いえそれが、石切の源助さんが一味を引き継いで、おつとめはやると言ってます」

「源助さんが？」

源助は藤兵衛より少し若く、如才ない男である。俊敏に忍び入って錠前も軽々と開けるし、開かないときは、鍛え上げた鋸（のこぎり）で錠前の閂（かんぬき）を切ってしまう。

「そうか。ならそれでいい。しかしこうなったら、せめて頭の葬儀には出てえところだが

「……」

「もう葬っちまいましたよ」

「えっ？」

「早くしないと死体が腐るからって」

お種が言った。

「だからって何もすぐ埋めることはねえだろう」

利吉は顔をしかめた。お種の言うとおりなのだが、自分を拾ってくれた藤兵衛に、ひと目だけでもあいたかった。

みなは頭に別れを告げたのか——。そこまで考えて、一つ気になることが浮かんだ。

「跡目は揉めずに決まったのかい？」

利吉は聞いた。

「ええ。すんなりと。誰も反対はしなかったよ」

「ふうん」

意外に思った。藤兵衛は若く、跡目のことなど誰も話し合っていなかったはずだ。

その考えを見透かしたように、お種が言った。

「頭は死ぬ前に言をのこしたんだ。跡目は源助に、って」

「そういうことか」

　利吉は息を吐いた。

「とにかく、今度暇を取れれば墓参りに行くよ。墓は小田原のほうかい？」

「ええ。だけど、そうのんびりもしてられないんだよ」

「なんでだ？」

「おつとめよ」

「は？　おつとめはまだ半年先だろ」

「それがね、予定が変わったんだよ。やるのは十日後だ」

　お種がぴしっと言った。

「十日後？　嘘だろ。なんでそんな急に……。まだ蠟型も取ってねえし、季節も早い。寒さが緩んで、店のみんなが安心して眠るようになってからじゃねえと危ねえだろ。そんなことお前だってよくわかってるじゃねえか」

「利吉さん。もう時代が変わったんだよ」

「えっ？」

「あんたは十日後、扉の内側から門をあけるだけでいいんだ。それが源助さんの言づてさ」

「だから、それじゃあ誰かに気づかれちまうかもしれねえって言ってるんだ」

「いいんだよ。気づかれたって」

「馬鹿。それじゃあ急ぎ働きみてえじゃねえか」

そう言ったとき、利吉の腹の奥がすっと冷たくなった。

「おい。まさか源助さんは……」

「そうだよ。あたいらもこれからは急ぎ働きをやるんだ。新しいお頭の決めたことさ」

「そんな……。嘘だろ。誰も反対しなかったのか」

「ええ。みんなももう、まだるっこしいおつとめは嫌だってさ」

「そんな馬鹿な」

利吉は呆然とした。一味はみな藤兵衛のやり方に心酔していたのではなかったのか。

藤兵衛の下にいると、おつとめを罪と感じることが少なかった。むしろまっとうな生業のようなものにさえ思えた。

しかし、急ぎ働きは違う。他人の血など見たくない。

「俺は反対だ。急ぎ働きなんて屑（くず）のやることだ。今まで掟を守ってきたからこそ、お頭も畳の上で死ねたんだ。そうだろう？　お種さん、あんたまで急ぎ働きがいいっていうのかい」

「まあね」

お種は目をそらして煙草を吹かした。

「そうか。あんたまで変わっちまったのか」

「……まあ、嫌ならぬけてもいいよ。べつにあたいらは引き込みなんていなくてもいいんだ。力ずくで押し入って、騒ぐやつはみんなあの世行きにするのさ」

「お種さん……」

「女はね、すぐ年を取っちまう。若いうちに稼いで、あたいもしこたま遊んでみたいんだよ」

利吉は思わずお種の顔を見つめた。ずいぶん血色がいい。ちょっと前とは見違えたように腰つきも丸くなっている。

藤兵衛のいうことをよく聞く朗らかな女だと思っていたが、それは表の顔で、腹の中は前から違っていたのだろうか。利吉は人に対する無垢な信頼のようなものが、ぐらりと揺らぐのを感じた。

「ただし、ぬけたら覚悟しなよ、利吉さん。一味の掟に従えないなら、源助さんが放っておかないだろうからね」

「だろうな」

利吉はうつむいた。急ぎ働きをやるくらいなら、裏切り者は躊躇なく殺すだろう。

「わかった……。俺もやるよ」

もはや、凪ではない。とりあえずそう答えるしかなかった。

(どうするか。どこかに逃げるか?)

しかしあてなどなかった。また、一味には全国をまわる嘗め役がいるから、ふとした偶然で見つかってしまうかもしれない。そうすれば、すぐに殺しに来るだろう。盗人の掟とはそういうものだ。

利吉はそのままふらふらと帰ったが、その晩はよく眠れずに次の朝を迎えた。

「どうしたんだい、利吉さん。目の下にくまなんて作ってさ」

亀蔵が驚いたようすで聞いた。

「はは、ちょいと夜更かししちまってな」

利吉はそう言うと冷たい水で顔を洗った。

「へえ。もしかしていい人と会っていたのかい」

「そんなわけねえだろ。俺は毎日の料理のことで頭がいっぱいだよ」

「そんなこと言わずに、嫁を取ってここでずっと働きなよ」

亀蔵がそうしてほしそうに言った。

「俺に嫁なんて大それたことは考えてねえよ」

それはここで働くようになって、よく言われてきたことだ。ずっと断っていたが、今になってみると、ここに骨を埋めるのもいいような気がしてくる。口入れ屋を通して雇われたが、利吉の料理の評判はよく、客も途切れることがない。主人の善次郎も気っ風のいい男で働きやすいし、お光もいる。利吉は今、盗人になったことを初めて後悔した。このままでは善次郎もお光も殺されてしまうかもしれない。

（俺はどうすればいいんだ）

悩みつつ、河岸に行き、夜の料理に使う食材を探していたとき、

「おい、利吉。お前、利吉じゃねえか」

と、声をかけてきた男がいた。

「あっ。大滝（おおたき）の五郎蔵（ごろぞう）親分！」

その大柄の男は、凪の藤兵衛の知り合いで、一度おつとめを助けたことがある大滝の五郎蔵という男であった。盗賊の中でも名の通ったお頭である。もちろん、おつとめのやり方は、きっちりと盗みの三ヶ条を守るものであった。

「おい、どうした。そんな青い顔をして」

「親分……」

利吉の目が潤んだ。仲間がみな急ぎ働きと変わった今、利吉の居場所はもうどこにもなかったのである。

「こんなところじゃなんだ。一緒に来い」

力強い声で言われ、利吉は五郎蔵の後をついて歩いた。この男なら藤兵衛の志をしっかりとわかっているはずである。どうにもならないとしても、せめて愚痴を聞いてもらいたかった。

五郎蔵が利吉をいざなったのは横川近くの船宿であった。

「粂八さん、あの部屋は空いてるか？」

「ああ。空いてるとも」

五郎蔵の馴染みの店のようで、二人はすぐ奥の部屋に通された。

「実は、藤兵衛親分が亡くなっちまいましてね」

利吉はそう言って肩を落とした。

「そうかい……。そりゃ早いなぁ。まだ老け込む年じゃなかったろうに」

五郎蔵も残念そうに言った。

「ええ。俺もまさか親分が死んじまうなんて夢にも思ってませんでした」

「それで、跡目はどうなったんだい」

「石切の源助さんが後を継ぎなさったんです」

「ほう、源助がな。まあまずは藤兵衛さんのやり方をついで、みなで力を合わせるしかねえな」

「それがね、五郎蔵さん。みな、急ぎ働きをしたいと言い出したんだ」

「なんだって？」

　五郎蔵の顔色が変わった。

「俺はてっきり、今までと同じようなおつとめをすると思っていたんですよ。それが急ぎ働きをやるなんてね。まっぴらです」

「ひどい話だな。確かに近ごろはやたらと急ぎ働きが増えていやがるが……。筋金入りの藤兵衛さんの下にいても、そうなっちまうのかい？　嫌な世の中だぜ」

「でしょう？　そう思いますよね」

　利吉は百万の味方を得たような気がした。

（やはり俺は間違ってなかった）

　体がほんのり暖かくなった。やはり急ぎ働きなど、まともな者のやることではない。

「五郎蔵親分！」

利吉は畳に手をついた。

「どうでしょう。俺を仲間に入れてくれませんか。急ぎ働きなんかやりたくねえんです」

「お前、一味をぬけるっていうのか」

「はい。もうあんなところにはいたくねえんです」

「しかしなぁ。やめるにしても、今のおつとめだけはやりとげねえと駄目だろう。それが盗人の掟ってもんだ」

「それをやりたくねえから言ってるんじゃねえですか」

利吉は苦々しく言った。

「いったいどこを狙ってるんだ」

「萩屋っていう料理屋です。主人は材木で一財産築いて、今は道楽で店をやってるようなものですがね。俺は料理人としてもう二年半も入ってるんです」

「そうか……」

五郎蔵が腕組みした。

「三ヶ条をないがしろにするなんて、俺にはできねえ」

利吉は畳を拳で叩いた。

「よし、わかった」

五郎蔵が言った。

「お前の身元、この俺が引き受けよう。引き込みが終わり次第、この船宿に来い。手下を待たせておく」

「ほんとですか？」

「俺の言葉が信じられねえってのかい？」

「い、いえ、ありがたいことです。けどもしかしたら源助さんが何か言ってくるかもしれませんが……」

「この五郎蔵、一度引き受けたからには、誰にも四の五の言わさねえ。安心しな」

真の盗賊の、値千金の言葉である。利吉はふっと肩が軽くなるのを感じた。

「はい！」

「それにな、俺の仲間にはとびきりの剣の使い手もいる」

五郎蔵が言ったとき、

「ゴホッ」

と、誰かの咳の音が遠くから聞こえた。

「他にも客がいるんですかね」

利吉は警戒して声をひそめた。

「まあ、そうだろう。ここは近ごろ、はやりの船宿でな」

五郎蔵がまったく動じない様子で言った。

「お頭、粋なところを知っていなさる」

「まあいろいろとな。それより、源助が盗みに入るのはいつだ。そのあとは俺がしっかりと面倒見てやる」

「それは……」

言いかけて躊躇した。今のところ、源助の一味にいる以上、言ってはいけないことである。

「すみません、五郎蔵さん。その日を漏らさないのも盗人の掟ですから。もう狙い先まで話しちまってるんで勘弁してください」

「そうだったな、まだお前は源助の身内だ。でもな、抜けたらこの船宿に来て、主人に言づけてくれ。俺に届くようにしておく。なに、大船に乗ったつもりでいろ」

「へい、よろしく頼みます」

利吉は深々と頭を下げた。

四

押し込みの前日、利吉はいつもと同じように料理を作り、客が食べ終わるのを待っていた。献立は鯵（あじ）の南蛮漬である。あの初老の浪人もやはり店に来ていた。

（味が一つ足りないなんて言いやがって。俺の料理は誰にも負けねえんだ）

あの浪人はどうせ通ぶったことでも、何か言いたかったのだろう。あるいは毎日通い詰めていることをひそかに恥じているのかもしれない。だとしたら少し愛嬌もある。

利吉は少し余った鯵を干物にするため、背開きにした。

（新鮮な鯵が入ったら、なめろうにして出してやろう。飯にかけたらとびきりうめえやつだ。あの浪人、さぞかし驚くだろうな）

そんなことを考えてにやにやしていると、

「利吉さん。ついにいい子が見つかったよ」

亀蔵が笑みを浮かべて寄ってきた。

「亀蔵さん、だから俺のような根無し草に嫁なんか……」

「旦那さまが、お前に話があるってさ。部屋においでって。いい縁談を探してきてくれたみたいだぜ」

「えっ、旦那さまが？」

利吉は心苦しかった。善次郎からの話とあれば断りにくい。もう店を去ろうというときに、こんな申し出が来るとは。

利吉はのろのろと二階へ上がった。

「利吉。お前は見所がある」

座るなりすぐに、善次郎が言った。

「そうでしょうか」

「毎日熱心にやっているし、人のいないところでもけして手を抜かない。わたしの見る目をなめてもらっては困るよ」

「はあ……」

利吉は生返事をした。縁談など持ち込まれても迷惑なだけである。どこの娘か知らないが、断る理由を探すのが大変なのだ。

「だからお前に、お光の婿(むこ)になって欲しいと思っている」

善次郎が言った。

「お光さん、というと……」

　利吉は一瞬、誰のことかわからなかった。しかし次の瞬間、輝くような笑顔が脳裏に浮かんだ。

「えっ、まさかお嬢さんとですか⁉」

「嫌か？」

　善次郎が心配そうにたずねた。

「いやいやその、嫌じゃないですが、そんなこと立場が違いすぎます。ありえません。どうしたっていうんですか」

　利吉は慌てて言った。

（いったい何が起こってやがる。こいつは夢か）

　頬をつねりたい気分であった。

「嫌じゃないならいいだろう。お前にはこの先、店を切り盛りして欲しいんだ。お光と一緒にな。わしもそろそろ年だ」

「しかし、他にもいろいろおられるでしょう。番頭さんとか、他の家の旦那さんとか……」

「私はね、お前が調理場でコメを一粒一粒拾って、洗っているのを見たことがある。雇い人の身分で、ふつうあそこまでできないものだよ」

「そんな……」

それはこれから盗人に入るからこそ、出た誠意である。

「私は根っからのけちですからね」

茶化すように利吉は言った。しかし善次郎の顔は真剣そのものだった。

「謙遜しなくていい。うちは料理屋だ。料理のことを一番知っている者が店をやるべきだろうと思ってる」

「でも俺は帳簿のつけ方もわからねえし……」

「それは後づけのきくものだよ。だがね、人のよさというものは生まれつきのものだ。私はあんたがよい人だと見込んだのだが、どうかね。さっきから嫌がっているように見えるんだが……」

「もったいなすぎる話ですから、なんかふわふわしちまって……。ちょいと考えさせてくれませんか」

善次郎が利吉の瞳を見つめた。そこには紛れもない信頼の光がある。

「いいとも。一生のことだ。いい返事を期待しているよ」

善次郎は利吉にきちんと敬意を払って接してくれた。

調理場に戻り、椅子に腰掛けると、利吉は腕組みした。

（こんないい話は一生のうちでもまずないだろう。富くじが当たったようなもんだ）

たとえ凪の藤兵衛が生きていたとしても、大いに迷った話だと思う。そして藤兵衛なら
きっと足抜けを許してくれたに違いない。なぜか、そんな気がする。

（でもこの店は明日、急ぎ働きでやられちまう）

利吉は唇を嚙んだ。善次郎は殺されるだろう。もしかするとお光は手籠めにされるかも
しれない。そう考えると、無性に腹が立った。

（お頭、なぜ死んだ！）

心の中の藤兵衛の面影に叫んだ。藤兵衛が生きていれば、心をかき乱されることもなく、
次のところに流れて行けたのだ。

しかし今さらどうしようもない。もう急ぎ働きの源助が一味を束ねてしまっている。

自分の身は五郎蔵に預かってもらえばなんとかなるだろう。しかし、萩屋はどうなるの
か。善次郎は流れ者の自分を婿に迎えようとまで言ってくれたのだ。

（俺はてめえのことばっかりで、あの人たちのことをきちんと考えてなかった）

利吉は自分に嫌気がさした。

時は迫っている。

ふと天井の梁を見た。

（こうなりゃいっそ、首でもくくるか）

利吉は苦く笑った。死んでしまえばこの世のことにわずらわされることもない。あの世で藤兵衛に会い、なんで早死にしたと責めることもできる。父にも会えるだろう。

（よし。いざとなれば死ねばいい。たやすいことじゃねえか。なるようになれだ！）

気持ちが楽になると、利吉はようやく眠ることができた。

翌朝、いつものように初老の浪人が来た。この日はもう一人、別の浪人を連れてきていた。

「利吉さん。あの浪人、仲間を連れてきたみたいだね」

亀蔵が言った。

言われて利吉も店をのぞくと、ふくよかな体つきの若い浪人が一緒に座っている。

「なんだあいつ。侍のくせに、しまりのない顔だな」

「だろ？　歌舞伎の女形みたいな奴だぜ」

「まったくだ」

見ていると、初老のほうの浪人が立ち上がり、こっちに向かってきた。

「おい、今日は、あれはないのか」

「あれっていうと……」

「ふろふきだ。この前、出してくれただろう」

「ああ……。今日は仕込んでないんで」

「そうか。なんとなく、もうあれが食べられない気がしてなぁ」

「まあ旬も終わりやすしね」

「残念だ」

浪人は本当にがっかりした様子で言った。

「……もしよかったら、作り方をお教えしましょうか」

利吉は言った。

「なに？　いいのか」

「ええ。俺がぽっくり逝っちまう、なんてこともありやすからね」

「馬鹿な。ちゃんと体に気をつけろ」

「へい。ありがとうございやす」

浪人の声にこもった真摯な響きを感じながら、利吉は話し出した。

「あれは大根のまん中に蕪を仕込んであるんです。だから歯ごたえも風味も変わりやす。あと、米のとぎ汁で下茹ですると大根も蕪も柔らかくなりますね。出汁は鰹と昆布。炒り子も少し。大きな鍋で一気に煮込まないと、この味は出ません。味噌は尾張の麴味噌を使うのがこつといえばこつです」

「おめえ、いいのかい」

浪人がじっと利吉の目を見た。

「えっ？」

「作り方は料理人の命だろう。剣術で言えば奥義みたいなもんだ。それをたやすく教えちまってよ」

利吉は微笑んだ。

「でもご浪人さまは料理人にはならないでしょう」

「わからねえぜ。なにせ職がねえから浪人してるんだ」

「ま、使ってもいいですよ。俺一人のもんでもねえと思うし」

利吉はさばさばと言った。誰か一人くらい、自分の味を知っていてくれてもいい。この浪人はずっと自分の料理を食べに来てくれていたのだ。

「ああ、思い出したぜ」

浪人が明るい声で言った。

「なんでございますか」

「味が足らねえといったろ」

「ああ、あのことですか……」

「俺はな、あれを一度、京で食べたことがある」

「京でですか？」

「そうだ。もう二十年以上も前になるか……。そこの料亭であれと同じものを食べた。たしか〔山里（やまざと）〕といったな。作ったのは若い料理人だった」

「山里といえばあの有名な……」

それは父がかつて修業していた店の名だった。

「で、俺はそいつに聞いたんだ。今まで味わったことのない出汁だってな。もう江戸にもどるから、最後に聞かせてくれとこう、ずうずうしく頼み込んだわけさ」

「へえ……。で、出汁は何だったんですか」

「鰹と昆布と炒り子。そしてあと一つ」

「あと一つ？」

知らぬ間に、話に引き込まれていた。その料理人は父だったかもしれない。

自分のふろふきに足りないものはなんだったのか。

「もう一つはあごよ」

「あご？」

「飛び魚のことだ。あれを干したものを隠し味に使ったと言っていたな。ま、誰にも話さないでくれと言っていたが」

「そうですか。そいつは知りませんでした。たしか長崎あたりではよく使う出汁だと聞きますが」

「へえ、そうなのかい。しかし、あれはうまかったなぁ。で、その料理人は言ってたぜ。小さな子のために稼がなきゃならねえ。母親は子を産んだときに死んじまったから、ってな」

利吉の顔がこわばった。やはりそれは父だった。

「それはたぶん、私の父です」

「そうなのか？」

浪人は驚いた顔をしていた。

「そうかい、あんたがなぁ。そりゃ同じ料理も出るわけだ。親子の間なら盗みも罪じゃねえ。ふふ、やっぱり悪いことを言っちまったなぁ。なるほど、親子だったのか」

「はい。ご浪人さま。あの、ありがとうございました」

「なんでお前が礼を言う」

「父はもう死にましたから。ほんとうの作り方を教えていただきました」

「そうか、死んじまったか。惜しいことをした。じゃあな」

浪人はたっぷりと心づけを置いていった。

「利吉さん、それ……」

亀蔵の目が期待に輝いたが、

「今日は半分だ」

利吉は初めて侍の心づけを受け取った。

しかしこのとき、ふくよかな体つきをした浪人がいつの間にか消えていたことに、利吉はついに気づかなかった。

五

夜の勤めが終わったあと、利吉は寝床に寝ころびながら、父のことを考えた。

（なんであごのことを教えてくれなかったんだろう）

浜松では手に入りにくい食材だったのかもしれない。あごは北海のほうで漁師がよく獲る。浜松には浜名湖があり、他にいろいろな名産物が取れた。

闇の中、考え込んでいると、丑三つ時が迫って来た。

利吉はゆらりと立ち上がった。天井の梁を一瞬見つめたが、迷いはもう消えていた。

父がはぐくんでくれた命である。無駄にはできない。

利吉は足音を殺して庭に出ると、板塀の戸を開けた。

「よくやった、利吉」

声とともに源助が入ってきた。

「これでもくらえ！」

利吉は源助に包丁で切りつけた。

「あっ！」

源助は顔を押さえたが、指の間から血がほとばしった。

「てめえは盗人の風上にも置けねえ。急ぎ働きなんぞ、犬畜生のすることよ！　藤兵衛のお頭にかわって、俺が盗人の掟を果たしてやったんだ！」

叫んで利吉は走り出した。あとは「火事だ！」と叫べば人が来て、盗みどころではないだろう。

しかし、

「か……！」

と、叫びかけたとき、みぞおちに強烈な一撃を受けた。

うずくまり、見上げると、見知らぬ浪人が立っていた。

「なんだ、てめえ」

「凪の源助の相棒、高坂主膳」

「なんだと？」

知らない男だった。一味に加わった新しい男なのか。

しかしその読みは大きく外れていた。

浪人は笑いながら言った。

「いいことを教えてやろう。藤兵衛は俺が斬った。一味のほかの奴もすべてな。今、残ってるのは、お前ひとりだけだぜ」

「なんだと……」

利吉は黒装束の一味を見た。覆面の下の顔はみな知らぬ者たちだというのか。

「あたしはこの人にぞっこんだから生きてるけどね」

お種が高坂の後ろから顔を出した。どうやらこの男の情婦になったらしい。

「源助がくたばっても別にいい。これからは俺が頭だ」

高坂が言った。

「くそっ」

利吉は立ち上がろうとした。しかし浪人に踏みつけられ、身動きが取れない。

「お前は藤兵衛と同じところに行くのだ。きっと皆も待っているぞ」

浪人が笑みを漏らし、刀をふりあげた。

「くそっ！」

最後に少しでも抵抗しようと力を込めたとき、

「待てい！」

という大音声が響いた。

「誰だ、てめえは！」

高坂が振り向いて叫ぶ。利吉もそちらに目をやると、道の真ん中に侍が立っていた。

「俺かい？ 俺はな、この店の常連よ。つぶれちまったら困るじゃねえか」

「あっ……」

利吉は驚いた。それはまさに毎日来るあの浪人だった。

しかもその姿が異様だった。陣笠をかぶり、火事羽織と野袴をつけ、手には長十手を持っている。

後ろには『火盗』と記された提灯がいくつも並んでいた。

「ま、まさか。てめえ、長谷川平蔵⁉」

血だらけの顔を押さえた源助が声を震わせた。

あの浪人が火付け盗賊改め方の長官、長谷川平蔵だったのか——。

利吉の足が、がくがくと震え出した。

「凪の源助。凪と名乗るのもおこがましいが、もはや調べはついておる。おとなしく縛につけい！」

火盗改めの役人たちがいっせいに、一味に襲い掛かった。

高坂は抵抗したが、平蔵の長十手の、ぶんと唸る重い一撃で地に沈んだ。屋内に入り込んだ一味の者は、中から叫びながら出てきたふくよかな体つきの浪人に斬られ、捕らえられた。昼間からずっと屋敷内に潜んでいたらしい。

ほかの同心たちも捕縛に加わり、抵抗する一味の血があたりに飛び散る。

急ぎ働きが成功していたら、店の者たちがこんな風に血まみれになっていただろう。

（そんなことにならなくてよかった）

利吉が夢うつつのような気持ちになって倒れそうになったとき、強い力で抱き止められた。

「利吉。大事ないか」

平蔵が言った。

利吉はおとなしく両手を差し出した。

六

「騙(だま)してすまなかったな。五郎蔵は俺の手下よ。許してやってくれ」

平蔵が頭を掻きながら言った。

「えっ⁉　五郎蔵親分が？」

利吉は呆気にとられた。

しかしあの五郎蔵が密偵となっても慕うなら、この盗賊改めの長官もひとかどの男なのだろう。

「お前が萩屋へ引き込みに入ったのを五郎蔵が少し前に見つけてな。萩屋は我らがずっと張り込んでいたのさ」

「それで毎日来られていたのですか」

「ま、それもあるが、だんだんお主の料理がやみつきになってしまってな。ずいぶん贅沢な張り込みであったわ」

「そんな……」

「だが、粂八の店じゃ俺の手下が咳をして、ぶち壊しになりそうだったがな」

平蔵が低く笑った。

「ちゃんと萩屋の人たちは守ったじゃないですか」

歌舞伎の女形のような同心がぷりぷりして言う。

「しかしどうして押し込みの日がわかったのです。五郎蔵親分にも言わなかったんですが」

「それはな、お前がふろふきの作り方をしゃべったからだ。もう死ぬつもりだったんだろう？　だから押し込みは近いと思ったのさ」

「なるほど、そうでしたか……」

「それで、利吉。お前の父親だが、侍に斬られたんだってなぁ」

「はい」

「そいつはすまなかった」

平蔵がいきなり頭を下げた。

「そんな。長谷川さまが謝られることでは……」

利吉は慌てて腰を浮かせた。斬ったのは浜松の武士である。

「いや、今の世の中はな、武士が心得違いをしてやたらと威張っておる。それも幕閣にっらなる我らのせいよ。地道に、額に汗して暮らす者ほど尊いのだ。お前の父のようにな」

「はい」

利吉は我知らず目頭が熱くなった。父は無実の罪で斬られ、一言の詫びも言われずに死んだが、ちゃんと父を見てくれていた人もいたのだ。

「しかし、利吉。わかっておるな。たとえ人は殺さずとも、盗みの罪は罪だ」

「はい。どうなりとなされてくださいませ」

利吉はしずかに言った。

「うむ。見事な覚悟よ」

「ただ、ひとつだけ……ひとつだけ願いがあります。最後に、あの料理を作らせて頂けませんか」

利吉は言った。

「なに？　あのふろふきをか」

翌日の昼、平蔵のいる部屋にふろふきの料理が運ばれた。

利吉は縁側を隔てた庭からその姿を見つめた。

平蔵はものも言わずに、大根に箸をつけた。

「うむ……」

その口から呻(うめ)きが漏れる。

「利吉」

「はい」

「お主、父を超えたな」

「はっ」

「何を使った？」

「利尻(りしり)の昆布を使いました。あごは日本橋の問屋で見つけたものでして。あごとの相性は、これのほうが上にございます」

「ふ。ふふ。なるほどのう。いや、見事よ」

利吉は微笑んだ。

「ありがとうございます。これで思い残すことはございません。萩屋の人たちが痛い目を見なくて本当にようございました」

「よし。俺が引導を渡してやろう。そこに直れ」

「はい」

利吉は目を閉じ、手を合わせた。藤兵衛も父も待っている。

「ええいっ！」

気合の声とともに、鋭い風が吹いた。

しかしなかなか痛みはおとずれなかった。

どうなっているのか、と利吉はおそるおそる目を開けた。

「盗賊の利吉は今死んだ」

平蔵が言った。

「えっ⁉」

「お前は今日から萩屋の利吉だ。善次郎はお前が店を救ってくれたとたいそう喜んでいたぞ。それにな、父を超えた腕利きの料理人の命を、俺は奪うなんてできねえ」

平蔵が笑った。ちぃんと刀が鞘（さや）に収まる音がする。

「そんな。私はただ……」

「お前も浜松で地道に暮らしていたかったんだろうよ」

「えっ」

「しかし父が死に、盗賊とならざるをえなかった。だがな、なぜお前が盗賊に身を落としても最後まで大それた真似をしなかったかわかるか」

「いえ……」

考えてみたが、まるでわからない。

「なんとなく、としかいいようがないのですが……」

「違う。お前はな、父親の背中を見て育った。男手一つでお前を育てるため、ひたすら勤めに励んでいた父の背中をな」

「はい」

「よいか。その背中がずっとお前を支えていたのだ。いわば、それがお主の隠し味よ」

平蔵が片頰にえくぼを浮かべ、笑った。

「はい……、はい」

利吉は何度もうなずいた。

「わかればいい。これからまたうまいものをみなに食わせてやんな。そいつがお前の罪滅ぼしよ」

「長谷川さま……！」

「さ、行け。行っちまえ」

清水門外の役宅の門から出され、利吉の足は浮いた。

父がずっと助けていてくれたのだ。

「おとっつぁん！」

歩きながら、利吉はむせび泣いた。目の前に広がった江戸の町にはようやく桜の花が開こうとしていた。

うどん屋剣法

山手樹一郎

山手樹一郎（やまて　きいちろう）

一八九九年生まれ。編集者のかたわら小説を執筆し、一九三三年、初めて「山手樹一郎」名義による「一年余日」で、『サンデー毎日』の懸賞小説に佳作入選。三九年より新聞連載した「桃太郎侍」で人気を博し、以後、明朗な作風で時代小説を書き続けた。七八年死去。

底本

『山手樹一郎短編小説全集　第十三巻』桃園書房　一九七六年

一

「大輔、何んの用だ」

　火の気もない小座敷に、茶一つ出さず小半日も待たせておいて、顔を見るなりこうなのである。これが微禄から父に抜擢され、姉婿となって江戸用人にまで出世させて貰った鐘ケ江甲太郎の、自分に対する礼であろうか——若い秋葉大輔はむっとして顔色を変えた。

「拙者はあなたに用があるのではありません。姉に逢いに来たのです」

「静になんの用かな」

「大きなお世話ではありませんか。姉を出して下さい」

「いや、大きなお世話ではない。大方金を借りに来たのだろうが、そんなみすぼらしい恰好で無闇に御門を通られては、わしの面目にかかわるではないか」

　鐘ケ江は太い眉の下の大きい眼をぎろりとさせて、皮肉に外方を向いた。——図星である。勘当されたと云うより、自分から父に楯を突いて江戸へ飛び出して来て三月、寝るにも起きるにもこの一枚きりだから、黒羽二重の紋服も紬の袴も皺だらけに垢じみて、年の瀬だというのに羽織さえない素袷姿、それだからこそ黙って金を用立ててくれるべきではないか。冷飯に菜っ葉しか食えぬ賤しい身分から今日になれたのは誰のおかげなのだ。

「面目にかかわると思ったら、少し金子を用立てて下さい。物好きでこんな風をしているのではありません」

大輔は昂然と肩を聳かした。

「ほう、妙なことを云うな、おとなしくしていれば千五百石土浦藩の老職秋葉主膳の若様でいられるものを、お山の大将になりたいばかりに無駄金ばかり費って、――おれなら竹刀一本だって三百や五百石何処へ行ってもとれると、父に広言を吐いて家を飛び出したのは誰だ」

「拙者です。二言目には死金の無駄金のと、一藩の老職ともあろう者が、金のことばかりいって物惜しみをするから、忠告したのです」

「その忠告したお前が、金に困ってわしの処へ襤褸を下げて来るのは、どう云う訳だ」

「姉に逢わせて下さい」

こんな義理も人情も知らぬ算盤侍に話したって判らぬ。この勘定高いところが親父の気に入ったのだと思うと、大輔は相手にするのも馬鹿らしくなった。

「断る。静はわしの妻だ。お前のような物を知らぬ愚か者は、わしが代って今日かぎり義絶するからそう思いなさい」

「無礼な！　義絶はそっちの勝手だが、愚か者とはなんだ」

大輔はさっと顔色を変えた。

「ふふ、それがまだ判らぬか。尤も、判っていれば、その襤褸を下げて御門は通れない。国許にいても、お前の父は一藩の老職だぞ、その姿を人に見られたら、御父上の恥になると気がつかぬのか。しかもお前は、――竹刀一本で明日にも出世して見せる。まあ父上は精々金を大切になさいとおのれの父を辱しめて土浦を出て来たというではないか。出府して既に三月、今更金の無心に来るなどと、それでもお前は男か」

「――――」

「第一、お前の武芸などは免許とはいっても、ほんの田舎の旦那芸、御父上の子だから人がおだてもするし、金を費うから取巻き連がちやほやするが、広い江戸に出ればその位の腕は箒で掃くほどある。そこへ気がつかず一人でいい子になって傲岸粗暴――御父上はただ金を惜しむのではない。恐らく、金で我儘を通しているお前の一人よがりを苦々しく思っていられるのだ。他愛もないお前位の棒振り剣法など、このわしだとてまだ負けはせぬ」

「――――」

思い切った侮辱だ。この三月、出世の道の目鼻がつかぬのは身の不運で、腕前には何の関係もない。痩せても枯れても今日まで十余年、好きで一日も欠かさず辛酸をなめ、人一倍修行に精励した甲斐あって許された免許、――他のことは兎に角、田舎の旦那芸と罵られては許せぬ。まして、多少伊庭の道場へ通ったと聞いたが、ただ小才が利いて算盤を弾くのが身上で父に認められたようなこの男に、他愛もないといわれるのは心外だ。

「棒振り剣術かどうか、一本見て頂こう」

自信があるだけに、大輔は嚇となって立った。思い切り叩きのめして嘲笑してやろう、今更逃げ口上は許さぬと、睨みつけると、

「馬鹿は痛い思いをせぬと判らぬと見える。竹刀でか、木剣でか？」

鐘ケ江は平気で薄笑いをうかべるのだ。

「真剣がいい」

大輔はつい釣りこまれて、挑戦的に出てしまった。

「ほう、それでもまだ刀だけは売らずにいたか。――よかろう前庭へ出よう」

二

雪もよいの底冷えのする日で、もう夕方に近かった。植込みも何もないこの男の家らしい殺風景な玄関前の庭は、勝負には丁度いい広さである。

騎虎の勢でつい真剣勝負と口走ってしまったが、意外にも鐘ケ江があっさり承知してしまったので、大輔は多少心が動揺せずにはいられなかった。絶対に負けようとは思わぬが、勝っても初めての真剣では手心が判らぬから、相手を不具にする惧がある。それ程憎まなくてはならない敵ではないのだ。

「姉が止めに出て来てくれればいいが」

しかし、それは空頼みだった。

「どれ、手練を拝見しようかな」

襷、鉢巻、股立ちを取った鐘ケ江が、気軽に足袋跣のまま玄関をおりて来た。云いつけたと見えて、姉はもとより、召使一人姿を出さないのだ。

「姉婿だからとて、遠慮はせぬぞ」

心の動揺を振り払うように抜刀して、素振りをくれていた大輔が目を吊し上げた。

「三百石か五百石か知らぬが、十分に来い」

鐘ヶ江はまだそんな冗談口を利いて嘲る。

「来い」

大輔は叫んでぱっと一刀を青眼にとった。

「――」

無言で抜き合せた鐘ヶ江は、さすがにすっと顔から微笑が消えて、――剣尖の間合六尺ばかり、忽ち、しーんと空気が緊張した。

鐘ヶ江は中肉中背、日頃そう特長のある体格ではないが、今見る心形刀流やや拳下がりの青眼、急に体が大きくなったような、実に伸々とおおらかな構えだ。しかも、太い眉の下の大きな眼が含蓄のある闘志をたたえて、炯々と輝いている。

（あっ）

大輔は思わず胸を衝かれた。――出来る！　何時の間にこれだけの修行をしていたか、恐るべき底力だ。竹刀や木剣ならそれでもどうにか棄身に行って小細工ぐらいは利くだろうが、真剣では命がけだけにその余裕がない。兎もすればのしかかって来るような剣尖に、思わず体が固くなってしまった。

「おうッ」

無理に反撥するように絶叫して見たが、大海へ石を投じた程の手応えさえなく、――はっはっはとおのずから肩が波打って来た、もう一杯の脂汗だ。

「――」

ふと鐘ヶ江の頬（ほお）へ綽々（しゃくしゃく）たる微笑がうく。

「どうしたな。土浦の小天狗（こてんぐ）。気の毒だが、お前のはやはり甘やかされた自惚（うぬぼ）れ天狗だ」

揶揄（からか）いながら、じりじり押して来るのだ。

「目ばかり吊しあげても、人は斬れぬぞ。第一まだ少しも腹が出来ておらん。三百石は愚か、わしなら十石にも買わんな」

（くそッ、死ね）

屈辱にたえかねて大輔はついに逆上してしまった。

「とうッ」

左足で地を蹴りながら、もとより生ありと思わぬ無謀の突き、体ごと驀地（まっしぐら）に飛込んだが、

――ぱっと躱（かわ）されたと見る、

「えい」

峰打ちに軽く利腕（ききうで）を打たれ、がらりと一刀を取り落したまま他愛もなく前へつんのめってしまった。

もう起き上がる気力がない。激しく喘ぎながら棄鉢に叫ぶ。頰に触れた地の冷たさ、あまりにもみじめな敗北に、我知らず子供のように涙が溢れて来た。

「たわけ奴。斬るに貴様の指図を受けるか。お前が日頃軽蔑する算盤侍にも、これだけのたしなみはある。よく覚えておいて、口惜しかったら何時でも一人前の人間になって仕返しに来い」

刀を鞘に収める音がした。

「乞食ではあるまいし、何時までそんな地べたに寝ているのだ。静の出て来るのを待つつもりなら無駄だぞ。わしが固く止めてある。さっさと帰れ――さすがに舅御は目が高いな。早く思い切って勘当なされてよかった」

聞えよがしに云いながら、鐘ケ江は水口の方へ廻って行く。

「斬れ、――斬れ」

三

(畜生、このままでは死に切れぬ)

大輔は夢中で小川町の土屋邸を飛び出した――。彼奴にあんな腕前があったとは知らなかった。負けた自分が不甲斐ないより、ただ無念である。口惜しい。

（腕前はどうあろうと、散々父の恩を受けた男、あの男からあんな冷酷な罵倒をうける覚えはない）

寧ろ自分の勘当を喜んでいるような口振りではないか。事によると、あの小才の利く男、初めから秋葉の家名を狙っていたのではなかろうか。——そう云えば、最近父の自分に対する態度が目に見えて冷淡になっていた。二口目には、

「鐘ヶ江を見ろ、小さい時から刻苦勉励、苦労をしているから出府しても江戸表の信用が厚く、人に尊敬もされれば、重用もされている。ああ云う人物こそ一藩の老職として恥じぬ男だ」

と、口を極めて激賞し、——お前はただ傲岸粗暴、人に頭を下げることを知らず、金を費っておだてられている、と来るのである。今日の鐘ヶ江の言葉と一筋も違わない。

この度の勘当も、あまり鐘ヶ江ばかりを称めるから、

「手前だって、竹刀一本あれば何処へ行ったって、三百や五百石——」

が、つい口に出て、それをまた父が、

「貴様などは世間に出れば一人の口さえしのぎかねるだろう。そう云う愚か者だから、先が思いやられるのだ」

と、云いつのっての結果なのだ。

みんな鐘ヶ江の策謀に違いない。

(畜生、どうしてくれよう)

大輔は体中の血液が逆流するような気がした。——何より先ず修行して、見事彼奴を叩き伏せ、父の前で野心の面皮を引ん剝いてやらねばならぬ。あんな冷酷な奴に、黙ってついている姉も姉だ。見ろ! いまに皆んなに頭を下げさせてくれるから。

このあたりは大名旗本の邸つづきだ。夕暮れては人足も稀である。胸を衝き上げて来る憤怒に、歯嚙みをしながら下を向いて、足に任せて歩いていた大輔、

「あっ」

前に行く人の肩にぶつかって、思わずひらりと飛び退りながら目を瞠った。——女である。

「やあ、失礼」

「いいえ」

真っ赧になって、——年のころ十八九でもあろうか、淋しい面立だが潤んだような濡々とした眼差、紅を含んだかとも鮮やかな朱唇、おっとり落着いた美しい武家娘だ。黒天鵞絨の襟のかかった道行に、笠を持っているのは旅の者か、そう云えば草鞋穿きで、腰

紐に締めあげられた道行の裾から、緋の色がわずかに艶めかしい。

「つい考えごとをしていたものだから。――飛んだ無礼をしました」

故意にぶつかったと取られては赤面するので、鄭重に会釈をして通り抜けようとすると、

「ああ、もし」

娘があわてて呼び止めた。

「困っているのでございます。この辺に旅籠はございませんでしょうか」

「さあ」

大輔も当惑せざるを得なかった。まだ江戸に慣れず、殊にこの辺のことは見当がつかない。

「馬喰町へ行けばいくらもあるが――」

自分が初めて草鞋を脱いだ処だ。

「その馬喰町へはどう行けばよろしいのでしょう」

「拙者はこれからそっちへ帰る者だが」

「御迷惑とは存じますけれど、お供させて下さいませ。一人で途方にくれているのでございます」

縋らんばかりにおろおろと哀願するのだ。それどころではないと思ったが大輔、今にも

泣き出しそうに瞶められて、

「では、その辺まで行きましょう。――一体どうしたのです」

つい余計なことまで訊いてしまった。

「有難うございます」

娘はほっとしたように頭を下げて、余程心細かったのだろう、いそいそと肩を並べるように歩きながら、

「日は暮れそうですし、ほんとに私、どうしようかと思いました。――御恩は一生忘れません」

大袈裟な感謝のしようをするのだ。――仄に甘い娘の肌の香を感じながら、大輔は苦笑した。

「そこの土屋様のお邸へ、知辺を訪ねたのですけれど、断られたものですから」

「土屋？」

大輔は聞き咎めた。

「はい、父が元少しお世話申し上げた方なのだそうで、悪いようにすまい、そこへ頼れと云う遺言だったのですけれど、――お訪ねして見ますと、先様では知らぬと仰有って」

「あなたは何処から来たのだ」

「土浦の在にずっと浪人住いをして居りました影浦重太夫（かげうらじゅうだゆう）という者の娘千早（ちはや）と申します」

「ほう、拙者も土浦の者だが、土屋家の誰を訪ねたんだ」

「まあ」

千早は溜息のように呟（つぶや）いて、口を噤（つぐ）んでしまった。その人の名を出していいか悪いか、娘心にちょっと迷っているらしい。——余計なことだと、大輔はすぐ気がついた。

四

雪もよいの日が黄昏（たそが）れて、よく追剝（おいはぎ）などが出ると聞く柳原堤へかかると、底冷えのする寒気がしんと空（す）きっ腹にこたえて来た。考えて見ると昼飯を食わなかったのである。——いや、家へ帰っても今夜食う当（あて）もない。

（冷酷な奴、おぼえていろ）

大輔は又しても、鐘ケ江の温かそうに落着いていた顔を睨みつけて見たが、既に幾分（いくぶん）昂奮から冷めて、それより明日からの生活をどうする。店賃（たなちん）をどうする。途方に暮れざるを得ないのだ。

（質屋というものがあるそうだが——）

そんなことを考えねばならぬおのれの不甲斐なさ。みじめさに腹が立つ。腹は立つが、乞食と言わぬばかり罵倒された自分の見窄しい姿を眺めて、急に気恥しく、ふっと振返った。——千早が女の足の遅れ勝ちに、深々と首垂れてついて来る。あれっきり口は利かないが、これも世の中に見棄てられたような不幸な身の上の娘らしい。頼りな気なその姿、何か言葉をかけてやりたいような気がした。

(人のことどころか)

大輔は自嘲して止めた。

「この道をもう少し行くと、郡代屋敷がある」

新シ橋の袂で立止った大輔が突然云い出した。

「その郡代屋敷を右へ曲ると、賑やかな街になるから、そこで馬喰町と人に聞いてごらんなさい。すぐわかる」

千早は鈴のような目を瞠ったが、急に悲し気に面伏せた。寒々と暮れかけた灰色の薄闇の中に、白い衿足が、重たげな高島田が、心なしか震えている。

「送って行ってあげたいが、わしの家はこの橋を渡った処だ」

それもあるが、実は暮れの賑やかな下町へ若い娘をつれて出る風態ではないと気がついたのだ。一つにはこれ以上歩く気力がない程疲れている。

「淋しければ郡代屋敷の処まで送ってもいい」

「あの――」

千早はやっと顔を上げた。

「女の一人旅、泊めてくれましょうか」

「さあ、泊めないと云うことはないでしょう」

「お願いでございます。お台所の隅へなりと、一晩だけ――」

「――」

思いもかけなかったのでその顔を瞶めると、千早は赧くなりながらおどおどと俯いた。

「拙者は男の一人住いだ」

「いいえ、決して御迷惑はおかけしません。同じ故郷の方とうかがって、お縋りいたします。江戸には悪い人が多いと聞いていますので私、恐しくて」

「折角だが、食うものもない。実は、わしもさっき土屋の縁故の者をたずねて、無心を断られて来た貧乏浪人だ」

大輔は正直に云って苦笑した。

「いいえ、ただ夜露さえしのがせて頂ければ、――重々御迷惑とは存じますけれど」

「では、まあ来てごらんなさい。あなたの泊れるような家ではない」

事実、蓄えが尽きそうになって、一時しのぎに旅籠の番頭の世話で借りて転げこんだ佐久間町の裏長屋、四畳半一間の襖障子は破れ、古びた畳はじめじめと、しかも道具らしい道具は何もない殺風景な荒屋だから、一目見たら気味悪がって出て行くだろうと思ったのだ。

が、千早は安心したように草鞋を脱いで上がり、部屋の隅へ行って旅装を解くと——その間に行燈だけはつけたが、火の気のない火鉢の側に多少呆気にとられて坐っている大輔の前へ、改めてしとやかに両手をついた。

「飛んだ我儘を申し上げまして、——何処にも身寄りのない不束者、どうぞお願いいたします」

新しくはないが紫矢絣の銘仙物、緋模様の錦の帯を胸高に締めて、そこだけさっと山桜が咲いたような明るさ瑞々しさ。

「いや、見られる通り宿を貸すと云う程の住居ではない」

大輔は恥じて苦笑した。

「いいえ。——あの、お履物をちょっと拝借させて下さいませ」

千早は間もなく台所口から出て行った。右隣へ行って何か挨拶をしている。隣は六兵衛という夜啼きうどんの老夫婦だ。ここへ移って一と月余り、気位の高い大輔はまだ近所の者と碌に口も利いたことがないのに、――女というものは調法なものだと呆れていると、間もなく沢山火種を貰って帰って来た。

姐さん被り、襷がけ、火を起して薬罐をかけて、台所でごとごとしていると思ったら、そっとまた出て行く。

（何処へ行くのだろう）

大輔はようやく起って来た炭火に手をかざしながら、不思議な気がした。何処にあれだけ持っていたかと思われる程の大きさになって、女の風呂敷包みが片隅においてある。ただそれだけで妙な賑やかさを感じるのだ。

（そう云えば――何処に身寄りもない不束者と云っていたが、どうする気なのだろう）

が、それより激しい空腹を感じて、体中が気倦い。悪寒が背筋を走る。――男一匹干乾しになるのか、今は唯一の誇りであった剣にも自信を失い、急に世の中が暗く呪わしく大輔はごろりと横になった。

（くそ、切奪り強盗、――構うものか）

とは云っても、それの出来る自分ではない。思い余ってとうとうなりかけた時、台所の開く音がした。が、大輔はもう起きるのも大儀だった。

「遅くなりまして。――つい買物に手間取ったものでございますから」

千早が膳を捧げて来て、大輔の前へ据えた。小さなお櫃を運んで来る。

「これはどうしたのだ」

大輔は起き上がって、我にもなく膳と千早の顔を見比べた。貧しくはあるが、煮物に香の物までついている。

「お隣でうかがいまして、買ってまいりました。炊いた御飯まで売っているのでございます。江戸という処は調法でございますこと」

千早は微笑しながらまず茶を入れてすすめる。

「そうかなあ。——あんたお上がりなさい」

一膳飯屋は知っているが、そこで飯を売るとは気がつかなかった。が、大輔は男の意地で、これは食えない。

「いいえ、女は先にお箸を取るものでないのですって」

千早は器用に飯を盛って、盆がわりに懐紙にのせて出しながら、

「雪が降ってまいったのですよ。私、泊めて頂いてほんとによかったと思いました」

しみじみと感謝の目差しを向けるのである。その折目正しい行儀、信頼し切ってるような清らかな表情、大輔は何かほのぼのとした温かさを感じて、思わず茶碗を受け取っていたのである。

五

薄い煎餅蒲団を一枚ずつ分けて、一間の両隅へ着のみ着のまま帯も解かずうずくまるように寒々と明した貧しい一夜、目が覚めて見ると娘の分までその蒲団を掛けられて、千早はもう台所をごとごととさせていた。

香ばしい味噌汁の匂いが流れて来る。

（妙な女だなあ）

その細い心遣いに、何処へも行くところがないと云った女の気持が感じられて、憐れなような、豊かなような、大輔は不思議な気がした。

「あ、お目覚めですの。随分雪が積りました」

火鉢に火を移しに来た千早が明るく微笑った。今朝は地味な普通着に着替えて、甲斐々々しい襷がけ、前垂れ掛け姿だが、生々と若さに輝く高雅な嬌めかしさは覆うべくもなく、

「お洗面のお湯をおとりいたしましょうか？」

実によく気がつく。

「いや、水で結構」

大輔はいささか顔負けがして、台所へ飛び出した。成程、一杯に積った雪はまだ止みそうもない。

今朝は無理にすすめて一緒に箸を取らせたが、その米も味噌も昨夜女が用意しておいたものだ。

「千早さん、あんた質屋というものを知っているか？」

大輔はちょっと照れながら訊いて見た。

「存じて居ります。私、貧乏生活に慣れて来ましたから」

千早は別に赧い顔もしなかった。

「拙者、刀を質物にしたいと思うのだが」

「何故でございます」

「あんたに賄われては心苦しい」

「でもお互いの不足を補うのですから、あたりまえのことではないでしょうか」

食後の茶を入れながら、千早は聡明そうな眼に微笑をたたえて答えるのだ。

（しかし、では自分は何をこの女に補っているのだろう）

大輔は何時までも考えさせられた。

午後になって雪は止んだが、千早は帰ると云い出さなかったし、大輔もどうする気だとは訊かなかった。

あれっきり委しい事情は聞かぬが、千早に帰る家のないのは判っていたし、大輔はこの娘の云うこと、することに深い興味を持ち始めたのだ。口数すくなく、次から次へと実によく働く。障子も襖も一日で器用に繕われてしまった。その物腰の静かさしとやかさ、——何もすることのない大輔は、一日中千早の美しく働く姿を見て暮してしまった。

外へ出る度に、何かしら不足の品が殖えて来る。近所の者とも、もう一通りの挨拶は交しているし、

（一体誰の家なのだ）

大輔は自分の無能さが自分で可笑しくなって来た。

翌日、朝飯の跡片附がすむと、千早は見慣れぬ子供物らしい縫物を始めた。

「何んだ、千早さん、それは」

「他家のお仕事。お隣のお婆様にお世話いただいたのです。——暮は何処のお家でも忙しいので、こう云う賃仕事が沢山あるものなのです」

千早は楽しそうだ。その仕事を夕方までにあげて、こん度は派手な女の春着を持って来た。

「お先へお休み下さいませ。私は少し夜業をさせて頂きますから」

大輔の蒲団だけ敷いておいて、千早は行燈の側を離れなかった。

(女でさえおのれを養う術を心得ている)

大輔は容易に眠れなかった。——お前などは世間へ出たら、自分の口一つすごせまいと云った父の厳しい顔が自分を憐んでいる。

それ見ろ、大きなことを云ってもお前は女に養われているのではないかと、あの憎い鐘ケ江の大きな眼が軽蔑して来る。

(まずその日の糧を得ること——すべてはそれからではないか)

翌日、大輔は初めて六兵衛を訪ねた。

「御老人、手前にぜひ鍋焼うどんの業を御伝授下さるまいか」

この男にしては珍しく、町人の前へ両手を突いたのだ。

「旦那、やっとその気になったね」

「はい」

「悪くとっちゃいけませんよ。お前さんのように気位が高くちゃ、世の中は食っていけない。第一お前さんは高慢な面をしているんで、長屋中の憎まれ者だった。だから、いくら困っても口を利いてくれる者がなかった。そこへいくと、おかみさんは若いが、人間が出来てるね」

大輔は赧くなった。千早をおかみさんと云われたことより、おのれを省みて、穴があったら入りたかったのだ。

「初めて家へ来た時、おかみさんが何んと云ったと思いなさる——夜分うかがいまして誠に失礼でございますが、今日お隣へまいりました千早と申します。御挨拶には改めて明朝出ますけれど、火種を一つお貸し下さいませんでしょうかと云った。誰だって貸してやりたくなる。ふ、ふ、婆さんが自分の倅の嫁でも来たように喜んで、火種をみんな貸しちまいやがった」

「——」

両手を膝において、大輔はうなだれていた。

「ね、人間なんてものは、まあそんなものだ。時節が来てお前さんが立派な御身分にかえればまたその時、困っている時は困っている時の気持にならなくちゃいけません、——ようござんす、一肌ぬぐから鍋焼うどん屋の婿に来たつもりでやってごらんなさい。おかみさんなんかに養って貰っているなあ男の面汚しだ」

江戸前の面白い親爺だった。

その晩から大輔は両刀を棄て、頰被りをして親爺の後をついて廻ることになった。

六

大輔が一本立ちで鍋焼うどんを開業したのは、正月元旦の夜からである。

「正月は酔って歩く人が夜更けまで通る。おれ達の掻入れ時だ。——けど、決して酔っ払いと喧嘩をしちゃいけねえよ。どんな無理を云っても逆ったらお前さんの負だよ」

六兵衛がくれぐれも念を押した。

「何んだよお爺さん、子供じゃあるまいし」

老婆がたしなめて微笑う。

「お気をつけてお出でなさいまし」

千早は路地の角まで見送って来て云った。

(成程、これが世の中だ)

大輔は人の親切をしみじみと感じさせられた。働く楽しみ、初めてそれを知ったのである。

おのれの口がすごせる自信を得た大輔は、間もなく千早の姓影浦を名乗って下谷御徒町の伊庭軍兵衛の門に入門した。

名にし負う心形刀流の荒道場で、集る門弟千余、天保から弘化へかけて、伊庭の門人と云えば短袴に長刀、気象が荒く、腕っ節が強いので通ったもの、――それだけに、大輔は入門して見て驚いた。

土浦では小野派の免許などと威張っていたが、自分位の者はざらにある。残念ながら鐘ヶ江の言葉の通り、自分などは父の名でちやほやされ、金でおだてられていた旦那芸であった。

（よし、新規蒔直しだ、五年でも十年でも彼奴が打込めるようになるまで）

大輔は奮い起った。誰の世話になっているのでもない。自分で食って、自分が修行するのだから何年かかったって気が強い。誰にでも頭を下げて、どしどしぶつかって行った。荒稽古のところへ荒修行だ。元々旦那芸とは云っても免許の下地はあるのだし、好きな道ではあり、口惜しいと云う一念があるから、一年経つ中にめきめきと頭角をあらわして来た。

「彼奴、鍋焼うどんを内職にしているのだそうだ」

「ほう、うどん屋か」

何時の間にか商売が知れて、中には早い進歩に反感を持つ者もあり、一口にうどん屋が通り名になってしまったが、――今の大輔はもうそれを憤慨するような腹の浅い男ではなかった。

「うどん屋とは誰のことだ」

或日、師の軍兵衛が聞き咎めて訊いた。

「影浦のことです」

「ほう、――影浦、お前うどん屋をやっておるのか」

「はい浪人者の口すごし、夜啼きうどんの内職をしております」

大輔は軍兵衛の前へ両手を突いた。

「なーべやきうどーん」

隅の方から節をつけた奴がある。

「まだ他にもうどん屋がおるのか」

軍兵衛が微笑いながら睨んだので、どっと哄笑が渦を捲いた。

「うどん屋、結構、少しも恥ずることはない。親の脛っかじりより余程ましだ。わしも贔屓にしてやるから、毎晩廻って来い」

豪傑肌の気概家と、当世風の旗本の惰弱を極端に嫌っていた軍兵衛は、以来特に大輔に目を掛けるようになった。

　その軍兵衛から、

「うどん屋、どうにか一通りの上へ抜けて来たようだな。修行はこれからだぞ」

と、初めて称められたのは、入門して二年目の暮近くであった。大輔はまだ無我夢中であったが、気がついて見ると、あれ程眼に焼きついて放れなかった鐘ケ江の、のしかかるような剣尖が何時の間にか消えて——同門中十指に数えられる位置に据っていたのである。

（もう一息だ）

血の出るような苦労をして来ただけに、大輔は実に嬉しかった。

或る晩、もう殆どうどんの玉も売りつくしたので、筋違橋の近くまで帰って来ると、

「うどん屋、早いとこ二つ」

折助体の人相のよくないのが二人、荷を押えるようにして前へ立ち塞がった。

「へえ、お待ち遠様」

熱く拵えて差し出すと、ふうふうと云いながら汁一滴余さず綺麗に喰ってしまってから、

「うどん屋、お前はまだ新米だな。汁が醬油臭くって不味いぜ。——なあ、兄弟」

一人が因縁をつけるように仲間を振返った。

「全くだ。飛んでもねえものを喰っちまった。咽喉がひりひりして仕様がねえや」

これはまた大袈裟である。——武芸の修行ではあるまいし、高が鍋焼うどんの手加減一つ、二年近くもやっていればもう一人前である。

「お気に入りませんでしたか」

大輔は微笑っていた。

「気に入るも入らねえも話にならねえや。——一体、いくらだ」

「へえ、二つで三十二文でございます」

「そうか、借りて行くぜ」

大威張りで歩き出した。歩きながら人を小馬鹿にしたようにひょいと振返る。

「——」

大輔は黙って見送っていた。そんなことは偶(たま)ではあるし、得てそういうことを得意になってしたがる無智は度し難く、憐みこそすれ一々気にするようでは商売はならないのである。

すると、翌晩同じ時刻に、同じ処で同じ二人が待っていたように飛び出して来た。

「おい、うどん屋、駄目じゃねえか、だから今夜は始めっから気を付けてくれって、あんなに念を押したろう」

「へえ」

「やっぱり喰えやしねえ、不味いや。——勘定はいくらだ」

「貸しときます」

大輔は平気でにっこりして見せた。

「畜生、先廻りをしやがった」

「昨夜と同じ勘定を訊くようじゃ、貴方たち、今夜も懐ろが寒いんでしょう」

「すまねえなあ、こん度はきっと埋め合せをするぜ」

折助たちは照れたような顔をして、こそこそと行ってしまった。

七

長屋の角を入るころ、さらさらと粉雪が落ちて来た。

「お爺さん、お帰りかな」

六兵衛の家の前で、必ず一度声を掛ける。それだけ苦労人になった大輔であった。

「ああ、今床へ入った処さ。寒いからお前も早くおかみさんの傍(そば)へ帰んなよ」

言葉に少しも綾(あや)はないが、欲得離れて若い二人の面倒を見てくれる親身な老人達だった。

「はい、お休みなさい」

大輔は家の前へ荷をおろした。

「お帰りなさいませ」

声を聞きつけて、針仕事をしていた千早が待ちかねるように出迎えてくれるのだ。

「おや、雪になりましたね。お寒かったでしょう」

「うむ、お爺さんが早くお前の傍へ帰れと申した」

「まあ」

荷を片付けて上がると、着換えはちゃんと行火で温めてある。この二年、何時の間にか必要な道具が一と通り揃って、貧しいながらもう立派な一軒の家になっていた。

「何をお一人で微笑っておいでになりますの」

熱い茶を入れながら千早が訊いた。益々世慣れて落着きは増して来たが、少しも貧に染まず瑞々しくしとやかな千早である。

「いや、面白いことがあったものだからね」

大輔は今夜の折助の話をした。

「——おのれの心の持ち方一つで、人は鬼にも仏にもなる。世の中は実に楽しいと思ってな」

何か一つの悟りが開けたような、豊かな気がしてならないのである。

「あの世間知らずのわしが、これまで心の展けて来たのは皆んなお前のおかげだ。お互いの不足を補って生きて行くと云った二年前のお前の言葉、この頃やっと判って来たよ」

大輔は茶を啜りながら、しみじみと千早の高雅な面差しを眺めた。

「まあ、私には、そんな深い意味があって申し上げたのではございませんわ」

千早は恥らいながら、しかし嬉しそうであった。

「こんな雪の晩だったな。初めてお前を連れて来て、主のわしが客のお前に飯を振舞われたのは。――飯だけではない。わしの心までお前に救われたのだ。感謝している」

「ほ、ほ、今夜はそんなことばかし」

「雪を見て思い出したのだろう」

「あなた」

千早は綺麗な目を輝かして、ほのかに頬を染めた。

「私、もう眉を落したいと思うのですけれど」

「眉を落す」

「ええ、島田を結ったままお母さんにはなれませんもの」

「ほう、子供が生れるのか」

「――――」

さすがに赧くなってうなずく。

「そうか、少し窶れたかなと思ってはいたが」

大輔は改めて千早の顔を瞶めた。——妻として恥じぬ女、そう思ったから、この春、おのれの素性、身の愚かな恥辱を打明けた上、お互いに納得ずくで夫婦のちぎりを結んだのだ、今更眉を落す落さぬの問題ではない。

「いいではないか。誰に遠慮をすることはあるまい。——しかし、生まれて来る子供のためにも、一日も早く一人前の武士にならなければならなくなったな」

「もう直ぐでございますわ、あなたがそんなに一生懸命になっていて下さるのに、お望みがかなわぬと云うことはございません」

「忝けない。きっと素志は貫いて見せるぞ、——だが、お前はもう余り無理をしてはいかんな。なあに、わしのうどん屋だけでも結構親子三人位すごして行けるのだ」

大輔は心強く微笑って見せた。——今にして、もし父に背いていなかったらと、生れて来るもののためにふと考えたが、否、それではこの妻もなく、一生不肖の子として終ったかも知れぬ。父には申訳ないが、寧ろ今のうどん屋剣客の方が生き甲斐を感じるのだ。

(しかし、父はさぞお年寄られたことだろう)

その面影がしみじみと恋しい夜である。

八

間もなく、その年の稽古納めの日であった。――午近く師範席についた伊庭軍兵衛が、

「一同、稽古を止めえ、――これから年納めの模範試合を一本行う」

持前の大声で申し渡した。一同忽ち道場の左右へ分れて、しーんと鳴りを鎮める。

控えの間から一人、黒羽二重の紋服に白い襷鉢巻、仙台平の袴の股立を高々と取ってあらわれた男、――鐘ヶ江甲太郎だった。

あっと大輔は目を瞠る。

「知っている者もあるだろうが、当道場の先輩、土浦藩の鐘ヶ江甲太郎だ。相手は」

じろりと軍兵衛は一同を見渡して、

「影浦大輔。――木剣試合である」

無論素面素籠手だ。――一瞬、うどん屋だ、鍋焼だというざわめきが起る。

(思わぬ好機)

大輔は静かに立ち上がった。――先生は知らずに指名したのだろうが、何時か来るべきこの一本のために、血の出るような苦労をして来たのである。

(愚か者の修行の一念を見せて、今日こそ野心の面皮を剝いでくれる)

が、その為にとのぼせ上るような、以前の大輔ではなかった。そこに二年余の浮世の苦労から学び得た底力がある。

激しい闘志を内にたたえて、大輔は道場の中央へ進み、鐘ヶ江に対して落着いた目礼を送った。

鐘ヶ江はぎろりと、例の大きい眼を光らしただけで、相手が大輔と判ってもさすがに眉一つ動かさない。心憎いまで冷静そのものだ。

「では――」

「おう」

同時にさっと木剣をひいて相青眼、――道場の空気が忽ち息苦しいほど緊張して来た。いつもの半分は型を見せるような、模範試合にはない殺気にも似た異様な激しさが、おのずと見ている者の胸へもひびいたのである。

「見事」

大輔は思わず感嘆せざるを得なかった。何んの奇も華やかさもない地味な構えだが堅実にしてしかも融通無礙(ゆうずうむげ)、実に滋味掬(じみきく)すべき構えだ。これがあの時の自分に大きく見えたのは当然で、――ただその剣尖からあの時の、のしかかるような覇気を感じないのは、今の自分にそれだけの修行を積んだせいか。

「おう」

「えい」

敵の気合の出端をと圧倒して激しく詰めて行くと、果たして鐘ヶ江の顔が火のように紅潮して来た。盤石の剣に抑えられて、それを反撥するだけの余裕がなく、構えはいつか必死の守勢一方に偏している。こうなればもう時の問題だ。

軽く浮動していた鐘ヶ江の剣尖がぴたりと止まる。理詰めの重圧に堪えられなくなったのだ。肩が波打って顔面蒼白、何か仕掛けて一寸の呼吸を得ようと焦りの見えた一瞬、

「おうッ」

大輔はおのずから十分の気合に満ちて、次に烈火となって走るべき剣を大きく振り被っていた。走れば無論除けるも躱すもない心形刀流水月の極意剣、脳骨が微塵となって砕け飛んだろう。

「それまで」

見ていた伊庭軍兵衛が叫んだのと、

「参った」

鐘ヶ江が云ってよろよろと後ろへよろめいたのと同時。

「――」

ほっと溜息をついて、門弟一同すぐには声も出なかった。

「うどん屋、やったなあ」

「畜生、肩を凝らせやがった」

一同ががやがやと大輔を取巻いた時には、既に鐘ヶ江は軍兵衛に伴われて奥へ入っていた。

(足掛け三年の恨み、――しかしこれで一人前になれたのだろうか)

大輔は嬉しいような、勝ったのが当然のような、ただ黙々と流れる汗を拭いていた。

――まだこんなこと位、人生にとっては小さい問題じゃなかろうか。何かそんな風にも考えられるのである。

「影浦、先生が奥でお呼びだそうだ」

内弟子の一人に云われて、大輔は道場着を着換え、静かに奥の襖を開けた。

「影浦、遠慮なく入りなさい」

何か鐘ヶ江と話していた軍兵衛が、嬉しそうに振り向いた。

「久し振りで、試合らしい試合を見た。喜んでいる」

「はっ」

「もう皆伝をつかわしてもいいが、――今鐘ヶ江から聞くと、お前にはわしの皆伝より、もっといい免許が待っているそうだ。ゆっくり鐘ヶ江から聞きなさい」

そのまま軍兵衛は座を立ってしまった。

冬の陽ざしの障子に明るい座敷に二人きりにされると、大輔はさすがに頭が上がらぬ。この人に恥じるのではない。父に背むいている身が愧じられるのだ。

「大さん、よくこれまで修行された」

「――――」

今更貴様などにそんなことを聞きたくもない。――大輔は顔を上げなかった。

「御父上もたいそう喜んでいられます。その腕の上達もさることながら、この二年余りの心の修業、一藩老職の跡目として、御父上は大さんにその苦労を経験させたかったのです」

「――――？」

「丁度出府されていて、千早さんからあの折助の話を聞かれ、――」

「えっ」

大輔は驚いて顔を上げた。――何故父が、鐘ヶ江が、千早を知っているのだろう。

「ああ、驚いていられるな――千早さんは、御父上の希望もあり、大さんの隠し目付に拙者が選んだのです。あれは亡くなった江戸藩の重役西浦新太夫殿の孤児で、十五歳の時から手前が引取り静と一緒に面倒を見ていました」

勤直な鐘ヶ江はおだやかに微笑っているのだ。――知らなかった。父も、この義兄も、そこまで自分のことを考えていてくれたのか、今にして思い当る。もし千早がいなかったらあの時自分は食に餓えてどんな真似をしていたか。あの千早の人格は、やはりこの義兄と姉の賜物だったのか。大輔にはもう頭が上がらなかった。

「御父上も、もう寄る年波です。口では頑固に言っていられるが――千早さんから話を聞くと――大輔め、それ程分別がついて来たかと落涙されて」

「義兄さん、わしの不覚、父に、父に謝って下さい。――大輔、義兄さんにも謝ります。わしは本当に愚か者でした」

そこへ両手を突いて、もう我慢が出来なかったのだ、大輔は思わず嗚咽してしまった。

「何を云う、大さん。わしこそ恩人の倅を面罵した男、手をあげて下さい。実は今日大さんを御父上の許へおつれしようと思って――静は千早さんを迎えに行っている筈です」

「――――」

「千早さんも、何時までも嘘を云っているのは心苦しいと、それぱかり気苦労にしていたが、――大さん許してやってくれるでしょうな」

「許すも許さないも、義兄さん、子供が生れるんです」

大輔は泣き濡れた目を上げて、さすがに含羞んだ。

「聞いている。御父上も、とても喜んでいられるようです。――大さん、この春こそ何年振りかで一家揃って正月が迎えられますな」

にっこりする鐘ケ江の大きな目も潤んで、――成程正月に近く、晴れた空から子供のあげている凧のうなりが長閑にきこえていた。

四文の柏餅

田牧大和

田牧大和（たまき　やまと）
一九六六年生まれ。二〇〇七年、『色には出でじ　風に牽牛（あさがお）』（『花合せ　濱次お役者双六』に改題）で第二回小説現代長編新人賞を受賞し、作家デビュー。主な作品に「鯖猫長屋ふしぎ草紙」「錠前破り、銀太」「縁切寺お助け帖」の各シリーズなど。

底本
『甘いもんでもおひとつ　藍千堂菓子噺』文春文庫　二〇一六年

二つ下の弟、幸次郎と裏庭の壁まで空の樽を二つ引き擦ってくる。大きい方を逆さに置いて上ると、広い仕事場の風窓が覗ける。七歳の幸次郎は、その樽の上にもうひとつの小振りの樽を重ね、背伸びをしてようやく目が窓に届いた。

小豆を炊く匂い、蒸した柏葉の青臭い湯気、火を入れた砂糖の香ばしさ。陽気な怒鳴り声、きびきびと働く『百瀬屋』の職人達。そして、広い作業場の一番奥で菓子と向き合う父の、静かな姿。

幼い二人には、心の浮き立つ景色だ。

窓から流れてくる蒸し暑い風に、一際甘い匂いが混じる。幸次郎が鼻を鳴らし、うんっ、とつま先を伸ばした。片足が浮いた拍子に、ぐらりと小さな樽が揺れる。

「わっ、ばか」

転げ落ちかけた弟の腕を、慌てて支えた。

覗いていたのが母に知れたら、叱られる。

普段は優しい母だが、父や職人達の邪魔をした時だけは、父よりも厳しく兄弟に接した。

そろりと、風窓から仕事場の様子を窺う。

餡を仕込んでいた職人、茂市とまともに眼が合った。茂市は顰め面を作り、目顔で勝手へ兄弟を促した。尻込みする幸次郎の手を引いて、勝手へ向かう。職人や奉公人、大所帯の飯を一手に賄う勝手は、夕飯にはまだ間があるせいで、がらんとしていた。先に来ていた茂市は顰め面のままだ。幸次郎は生真面目な職人の恐い顔に、半べそをかいている。

ごくりと唾を呑み込んだ時、茂市のへの字の口が綻んだ。背中に隠していた掌を、兄弟に向かって差し出す。

「はい。晴坊ちゃま、幸坊ちゃま」

ごつごつした掌に載っていたのは、二つの柏餅だ。よく見ると、真っ白な餅が小さく裂けて中から餡が顔を覗かせている。茂市が、悪戯な顔で声を潜めた。

「親方と御新造さんにゃあ、内緒でごぜぇやすよ」

兄弟は、揃って幾度も頷いた。

ほんのり温かさの残る柏餅と、茂市と内緒の約束。隣には幸次郎がいて、『百瀬屋』の菓子の匂いが漂っている。

晴太郎は嬉しくなって、不格好だけれど飛び切り美味しい柏餅を頬張った。

＊

あれは多分、蒸しに斑があったんだ。

晴太郎は、目を覚ましてすぐに考えた。

裂けた辺りは餅が少し硬くなっていたし、中の餡の風味も損なわれていたはずだ。それでも、今の自分がつくる柏餅より美味しかった気がする。

「まだまだお父っつあんには、敵わないな」

声に出してから、晴太郎は寝床から勢いをつけて起き上がった。まだ、夢の中で嗅いだ小豆餡の匂いがしているような気がする。

懐かしい想い出に浸りかけ、晴太郎は頭を振った。今だって幸せには違いない。思う通りの菓子が作れるなら、それで十分だ。

心の裡にできた小さなささくれを無理に撫でつけて、晴太郎は身支度に取り掛かった。

「ねえ、幸次郎。柏餅、やりたいんだけど」

土間と板の間併せて四畳半ほどの、ちんまりした勝手には、味噌汁の良い匂いが漂っている。ここの家主でもある薬種問屋、『伊勢屋』の主が、朝だけ手配りしてくれるものだ。

ませていた。

「小豆餡の匂い」が、現の朝飯にとって代わるにつれ、甘くほろ苦い夢の名残も、胸の隅から消えてゆく。けれど、楽しい思いつきはすっきり目が覚めた後でも、晴太郎の心を弾ませていた。

自分の椀に味噌汁をよそいながら、幸次郎は晴太郎を見ずに応じた。

「勿論やりますよ。去年も一昨年も、進物でよく出ましたからね」

「そうじゃなくて」

晴太郎も慌ただしく味噌汁をよそい、幸次郎を追う。指に跳ねた汁が熱かった。

飯に洗濯、繕いもの、自分の世話は自分でする。神田は相生町の片隅に店を構える小さな菓子屋、『藍千堂』の決まりごとだ。

今度は兄弟並んで、炊き立ての飯を山盛りにしながら幸次郎に告げた。

「上物じゃない、ひとつ四文の柏餅」

幸次郎が手を止めた。すぐに淡々と飯の盛りを整える。怒ったな、と晴太郎は察したが、一度付いてしまった勢いは止められない。

「今年は、そうしようよ」

飯の山盛りを大雑把に作りながら、『藍千堂』の商いを仕切る弟に頼み込む。味噌汁の鍋の前に立った茂市の姿が、眼の端に入った。ちらりと眼で合図を送ったが、助け船を出してくれるつもりはないようだ。弱気を隠すために細かく言葉を重ねる。

「三盆白は使わない。黒砂糖で餡を炊いて、味噌餡もつくろう。少し小振りにしてもいいし、そうだ、粉はうちで米から挽いちゃあどうだろうか。勿論俺が」

「兄さん」

ぴしゃりと遮られ、晴太郎は口を噤んだ。朝飯の仕度が整ったところだ。晴太郎の斜め向かいで、茂市が笑いを堪えている。

「どうすれば柏餅を四文でつくれるかくらいは、私にだって分かります」

きりきりした物言いだ。やはり「うん」と言ってくれるつもりはないらしい。

幸次郎は堂々とした押し出しに男前、加えて客あしらいも丁寧で達者だ。いつまでも幼さが消えない顔立ちの晴太郎と並んでいると、誰もが幸次郎を兄だと思う。見てくれや立ち居振る舞いだけではない。菓子作りの他はまるで不器用、商才はからっきしの晴太郎に代わって、商いを切り盛りしてくれているのは幸次郎だ。しっかり者の幸次郎がいなければ、茂市も職人気質の男だから、少々訳ありの『藍千堂』は忽ち立ち行かなくなるだろう。

「駄目、かな」

淡々と箸を進める幸次郎に、恐る恐るお伺いを立ててみる。

「『藍千堂』は、上菓子屋なんですよ。四文菓子なぞ扱ったら、いい笑いものです。日頃ご贔屓にしてくださるお客さんには、どうお詫びするつもりですか。きっと、端午の節句も『藍千堂』でとお考えでしょう。去年、一昨年、うちの柏餅が先様に喜ばれたから今年も御使い物に、と思ってくださっている方々に、四文の柏餅を売れ、と」

一々尤もである。「四文菓子」は、素朴な味わいと安価が売りだ。同じ柏餅でも、進物用とはものがまるで違う。『藍千堂』は京の下りものにも負けないと評判をとる上菓子――茶席で出されるような、職人の腕と工夫を凝らした、見た目も味も贅沢な菓子を扱う菓子司だ。上菓子屋が四文菓子を扱うなぞ、聞いたことがない。

それでも。

「子供達の喜ぶ顔が、見たいんだよ。子供だけじゃない。大人も、金持ちだって、貧乏してたって、『甘いもんでもおひとつ』って言葉には、みんないい顔をするじゃないか」

幸次郎の纏う気配が冷たくなった。本気で腹を立てている。晴太郎は首を竦めた。何か言おうとした幸次郎の機先を制して、茂市が口を挟んだ。

「両方やりゃあ、いいんじゃねぇんですかい」

驚いたように、幸次郎が茂市の穏やかな顔を見返した。

「上物の柏餅は、少しも手を抜かねぇでつくる。その上で四文もやりてぇ、やれるってぇ晴坊ちゃまが仰るなら、やって損はねぇでしょう。笑いものになるかどうかは、幸坊ちゃまの商いの腕次第だ」

むつきをしている頃から兄弟を知っている茂市は、さすが幸次郎の性分を心得ている。負けず嫌いの弟が「腕次第」と言われて引き下がるはずがない。

幸次郎は茂市を恨めしげに見つめていたが、すぐに俯いて、朝飯に戻った。心なしか箸の動きが乱暴だ。

「兄さんがやれると仰るなら、止めません。巧い売り方を工夫するのは私の仕事ですから、お任せください」

晴太郎は、こっそり溜息を吐いた。四文の柏餅をやれるのが嬉しいのではない。幸次郎の本気の怒りが消えたことにほっとしたのだ。

「ありがとう、幸次郎」

「帳尻合わせもしっかりお願いしますよ、兄さん。四文の損を上物の利鞘で埋めるのは、御免ですからね」

「わかってる」

うきうきと答えた晴太郎を、幸次郎はひと睨みしてから、食べ終えた器を持って立ち上がった。

店先で客の相手をしていた幸次郎が作業場へ顔を出した。茂市が昼飯に外へ出たのを見計らってのことだ。『藍千堂』の作業場は板敷きの八畳間で、小ぢんまり、と言えば聞こえがいいが、茂市と晴太郎が仕事をするので一杯一杯だ。十人を下らない職人達が、互いに邪魔にならずに立ち働けていた、父の『百瀬屋』とは何もかもが違っている。ただ、隅々まで掃除の行き届いた部屋、大切に使い込んだ道具、何より壁や天井に染みついた甘い匂いは、よく似ていた。

「どういうつもりですか」

幸次郎にこんな風に訊かれるたび、晴太郎は途方に暮れる。つ、も、り、も何も、「自分の思うような菓子を作りたい。自分の菓子を食べた人に、いい顔をしてもらいたい」、それだけだ。晴太郎の顔色を読んだか、幸次郎は肩を落とし、視線を晴太郎から逸らした。苛立(いらだ)っているようだ。

「兄さんの気持ちは、私だって分かっています。でも、今はそんな呑気なことは言っていられない」

「うん」

「せめてもう少しご贔屓がついて、商いが楽に回るようになるまで、どうして辛抱して下さらないんです」

「ごめん」

言葉を重ねるごとに、幸次郎の苛立ちは募っていく。

「『藍千堂』を潰す訳にはいかないんです。三年前の冬、実家を追い出され路頭に迷うところだった私達を迎え入れ、小さいとはいえ自分のものだった店をあっさり譲ってくれた茂市っつあんの為にも、負ける訳にはいかないんだ」

大八車の前に飛び出した通りすがりの子供を庇って死んだ父と、父の後を追うように身体を壊して逝った母。『百瀬屋』を引き継いだのは、職人頭だった叔父だ。晴太郎が、「砂糖の問屋から勝手に袖の下を受け取った」と言い掛かりをつけられ、その叔父の手で『百瀬屋』を身一つで追われたのが、父の死からちょうど一年経った日だった。後を追ってきた幸次郎と共に茂市を頼った時、晴太郎は茂市を「親方」と呼ぶつもりでいた。幸次郎は下働きをすると腹を括っていた。そんな自分達に、茂市は迷いなく店を譲ってくれ、自分はただの職人に戻った。茂市からは一通りではない恩を受けているのだ。幸次郎の言うことは正しい。

それでも晴太郎は、そうだね、とは言えない。勝つとか負けるとか、菓子づくりはそういうことじゃない。人をいい顔にさせるはずの菓子が、そんなものを纏っちゃいけない。けれど今の幸次郎を支えているのは、正にその「負けない」の一念だ。

晴太郎は、黙るしかなかった。

「一体なんだって『四文』の柏餅なぞ、思いついたんです」

独り言めいた問いには、哀しい色が滲んでいる。答えない晴太郎に、声と揃いの眼を向けて、幸次郎は立ち上がった。

『杵屋』さんの誂え菓子、急いでお願いしますよ、兄さん。八つ前にお届けするお約束をしていますから」

「分かってる」

商いの顔に戻って頷き、幸次郎は店へ戻っていった。

溜息が、ひとりでに零れた。がっくりと項垂れてぼやく。

「やっぱり、言えないよなあ」

もうひとつ、小さく息を吐いてから、晴太郎は『杵屋』に頼まれた誂え菓子の仕上げに取り掛かった。

「邪魔するぜ」

「これは岡の旦那、いらっしゃいまし」

晴太郎と茂市は顔を見合わせた。聞き覚えのある男の声と、応じる幸次郎の固い挨拶が店先から聞こえてくる。晴太郎は腰を上げた。急いで顔を出すと、案の定軽い笑みを浮かべた黒の巻羽織姿の侍と、商い用の笑みに目だけは笑っていない幸次郎が向き合っている。

「本日はどのような御用でございましょう」

「菓子屋に用っていやあ、甘いもんってぇ相場は決まってら、と言いてぇとこだが、今日は客を連れてきたんだ」

上背（うわぜい）のある岡の背中からひょっこり顔を出したのは、くっきりした目鼻立ちの娘だ。幸次郎が苦虫を嚙み潰した顔になる。

やれやれ、今日は幸次郎の不機嫌の種が二人いっぺんにおでましか。

零れそうになったぼやきを、晴太郎は呑み込んだ。

侍は南町定廻同心の岡丈五郎。娘は日本橋の菓子司『百瀬屋』の一人娘でお糸、兄弟の従妹（いとこ）でもある。幸次郎がお糸に冷たく当たる前に、晴太郎は口を挟んだ。

「旦那、毎度ありがとう存じます。お糸、暫くぶりだね。元気にしてたかい」

ほっとしたように、お糸が口許を綻ばせる。幸次郎の顰め面に向かって、小さく舌を出してから、晴太郎に笑いかけた。

「従兄（にい）さん達も、元気そうね。安心した」

背伸びをした物言いが可愛らしくて、晴太郎の頬も緩む。お糸は十六、名のある菓子司の娘ともなれば、そろそろ縁談のひとつも上がってきそうな年頃だが、二親が甘やかしているせいか、仕草の一々に幼さが抜け残っている。

岡が腰を下ろすのを待って、お糸もちょこんと晴太郎の側に座った。そこへ茂市が二人分の茶と菓子を持って顔を出した。顔色を変えたのは幸次郎だ。

「茂市っつあん、それは」

「いいんだよ、幸次郎。俺が茂市っつあんに頼んだんだ」

「でも、兄さん」

焦りと怒りが、幸次郎の男らしく整った面に浮かんでいる。茂市が客に出したのは、工夫の最中の四文柏餅だ。

「試しに作ってみたのが、さっき蒸し上がったとこなんですよ。急場しのぎの柏の葉なもので、香りは落ちますが」

「ほう、こりゃ味噌餡かい」

裏を向けた柏の葉に目敏く気付いた岡が、嬉しそうに呟いた。ひとつ摘み上げて、眺め回す。素朴で安価な味噌餡の柏餅は、この季節の町場ならではの味だ。

「『藍千堂』が四文菓子たあ、思い切ったもんだぜ」

「両方やるって約束で、幸次郎に許して貰いました」

血相を変えた幸次郎に、お糸がすかさず言った。

「心配しなくても大丈夫よ、幸次郎従兄さん。私も旦那も、おとっつあんに告げ口なんてしないから」

むう、と唸って幸次郎が開きかけた口を噤む。お糸にやり込められた格好の幸次郎からは、先刻までのきりきりした気配はすっかり消えている。幸次郎とて、歳の離れた従妹が可愛いのだ。ただ、『百瀬屋』に繋がる者として用心せざるを得ない。それは岡も同じだ。

「俺ぁ、味噌餡入りの柏餅にゃあ、目がねぇんだ」

うきうきと呟きながら、少し色目の悪い葉を節くれだった指で不器用に剝いていく。待ちきれない、とばかりに、半分ほど顔を出した白い餅に齧り付いた。

「こいつあ、旨ぇ。やっぱり、そこいらの味噌餡とは訳が違うな」

釣られるようにお糸も一口、幸次郎によく似た眼が輝く。晴太郎にとって、何より嬉しい刹那だ。ふふんと、幸次郎が得意げに鼻を鳴らした。

「作ったのは、晴太郎従兄さんと茂市さんなのに」

口の端に付いた味噌餡を指ですくい、ぺろりと舐めながらお糸が茶々を入れた。

「行儀が悪いよ、お糸」

晴太郎は苦笑いでお糸を窘めてから、岡に応じる。

「これが先代の味です。上菓子でも四文菓子でも、そこは変えません」

『藍千堂』は晴太郎が一代目だが、この味は自分一人で作り上げたものではない。かといって、本当の『百瀬屋』の味というには憚りも蟠りもあり過ぎる。だから『藍千堂』の味を褒められた折には、晴太郎はいつも「先代の味」と答えることにしている。

一番の肝は、砂糖にある。

砂糖作りが盛んな讃岐の中でもとり分け手間暇を掛け作られている、父が惚れこんだ三盆白と、唐渡りの三盆白。晴太郎は、父や茂市が使っていたのと同じ白砂糖を『藍千堂』でも使っている。微かな雑味は残るものの、風味も味わいも奥行きが深い讃岐物と、淡白で癖がなく、上品な甘さの唐渡りの上物、菓子の種類で二種の白砂糖の割合を変えながら、丁度いい具合に混ぜ合わせて使うのだ。勿論、四文柏餅には高価な三盆白は使えない。讃岐物と同じ職人の手による黒砂糖を使っている。

かつての『百瀬屋』と、一人立ちした茂市が大切に使っていた『藍千堂』の仕事場に染みついているのが、この讃岐物の砂糖の匂いだ。生まれた時から嗅ぎ慣れているからこそ分かる、父と茂市、晴太郎の菓子の匂い。叔父が仕切っている今の『百瀬屋』からは感じ取れない匂いだ。

父が死んでから、晴太郎は幾度も叔父と諍いを繰り返した。

――叔父さん、なんだって砂糖を変えたんですか。

――親方と呼べってぇ言ったろうが。

――でも叔父さん、おとっつあんの味は。

――誰が今の『百瀬屋』の主だと思ってるんだい。口答えをするんじゃないよ。

――でも、叔母さん。


「勿体ねぇなあ」

思い返していた、哀しく虚しい遣り取りを、晴太郎は慌てて胸の底に押し込めた。岡の呟きをいち早く聞き咎めたのは、幸次郎だった。

「何のお話でございましょう」

「こんなに旨ぇ柏餅なのに、売り出せなくなっちまうかもしれねぇって話さ」

作業場に戻りかけていた茂市の足が止まった。幸次郎と晴太郎は目を合わせる。すぐに幸次郎の切れ長の眼がきらりと光った。

「御冗談を」

「柏餅をつくる要のもんがなきゃあ、いい、しぶてぇ『藍千堂』もお手上げじゃねぇのか」

「『伊勢屋』さんがお味方してくださる限り、あり得ません」

幸次郎は自信満々だ。晴太郎も菓子の材料に関しては心配していない。父の代から砂糖を仕入れている『伊勢屋』の主、総左衛門は、父の友であり、母を巡って争った恋敵だったのだそうだ。その好で、何かと兄弟の力になってくれている。茂市自らの申し出とはいえ、名店『百瀬屋』を追い出された晴太郎が店子として暖簾を出すことを認め、父や茂市の時と同じように、晴太郎が望むだけ貴重な砂糖を分けてくれている。

うちの店から追い出した職人の手助けなぞしてくれるな。不義理者の肩を持つつもりかと『百瀬屋』に言いがかりをつけられた折、総左衛門は大威張りで啖呵を切った。

――『伊勢屋』の三盆白を袖にするような味のわからない店に、とやかく言われる筋合いはない。昔から付き合いのある菓子屋の総領息子を盛りたてて、何が悪い。

江戸指折りの薬種問屋で、界隈の顔役の『伊勢屋』が『藍千堂』に付いてくれたのは大きな後押しになった。父の頃から付き合いがあった問屋の幾つかが、『百瀬屋』と折り合いが悪くなるのを承知で品物を卸してくれたのだ。そんな経緯があるから、今更『百瀬屋』が何を言っても、付き合いが変わることはない。

哀しげに顔を伏せたお糸を気にしながら、晴太郎も幸次郎に続いた。

「弟の言う通り、その辺りの御心配は――」

「砂糖に小豆、米粉に味噌。その辺は俺だって心配してねえ」

岡は『伊勢屋』と懇意にしていて、『藍千堂』にもちょこちょこ顔を見せては甘いものを摘んでいく。兄弟の経緯は一切承知している筈だ。勿体ぶった様子で、岡は笑った。

「もうひとつ、柏餅にゃあ欠かせねぇもんを忘れちゃあいねぇかい」

はっとした。茂市も幸次郎も気づいたようだ。

「それをお前さん達に伝えに、家を抜け出してきたんだよなあ、嬢ちゃん」

お糸が硬い顔で頷いた。

「柏の葉っぱ」

告げたお糸の綺麗な声が、微かに掠れている。

「茂市さん、従兄さんに毎年柏の葉を卸してるって人に、おとっつあんがお金を渡して言い含めてたのを、聞いちゃったの」

「何時の話だ。叔父さんはどう言ってた。そいつは何て返事をしてたんだ」

幸次郎が、声を荒げ、矢継ぎ早に問い詰めた。お糸が怯えたように、身体を引いた。

「およし、幸次郎」

「兄さん」

「いいから」

不服げな弟を黙らせて、お糸に向かう。眼を細めて顔を覗き込むと、従妹はほっとしたように口許を綻ばせた。

「わざわざ報せに来てくれたのかい」

幸次郎に良く似た切れ長の瞳が、じんわりと潤む。

「こんなことが知れたら、おとっつあん、おっかさんに叱られるだろうに」

お糸が大きく首を横に振った。

「助かったよ」

「ほんとう」

「ああ」

大きく頷いてから、晴太郎は幸次郎に「ねぇ、幸次郎」と振り返った。顰め面のまま、幸次郎も頷いた。えへ、とお糸がようやく明るく笑ってくれた。

「岡の旦那に打ち明けたら、すぐ報せた方がいいって。言伝をお願いしたんだけど、あたしが直に伝えた方が従兄さん達も信じるし、喜ぶからって仰ったの」

邪気のないお糸の言に、幸次郎が微かにばつの悪そうな顔をした。岡は知らぬ振りだ。

「岡の旦那にも、お手数をおかけしました」

叔父と叔母を巧く言いくるめ、岡がお糸を連れ出してくれたのだ。晴太郎は勿論、憎まれ口を利いている幸次郎も、お糸の元気な様子を見るのは嬉しい。『百瀬屋』の一人娘のお糸が変わらず兄弟を慕ってくれるのが、晴太郎にも幸次郎にも、救いになっている。

「大したこっちゃねぇよ。嬢ちゃん、そろそろ帰ろうか」

岡が、湯呑に残っていた茶を飲み干し、立ち上がった。お糸が、寂しそうに続く。

「また、柏餅食べにきていい」

本当は、いつでもおいでと言ってやりたかったが、そうもいかない。

「あんまり、叔父さん叔母さんの気を揉ませちゃあいけないよ」

「あら、平気よ。知れたって何てことないもの」

お糸は勝ち気な口調で言った。幸次郎の眦が吊り上がった。

「確かにお前は平気だろうさ。お糸がここに出入りしていると知ったら、お前の二親が矛先を向けるのは私達、いや、兄さんだ」

みるみる内に、お糸の顔から血の気が引いた。

「幸次郎、言い過ぎだ」

「今のは、嬢ちゃんがよくねぇ」

晴太郎の叱責と岡の窘めが重なった。しゅんと萎れた二人の様子が妙に似ていて、晴太郎は笑いを堪えるのに酷く苦労した。同じことを考えていたらしい岡が、くつくつと喉で笑いながら再びお糸を促す。

「さあ、帰るぜ。『藍千堂』の柏餅が食いたきゃ、俺がこっそり買ってってやる」

柏餅だけじゃなく、従兄さん達に逢いたいのに――。

ぽつりと呟き、幾度も振り返りながら帰っていく歳の離れた従妹を、晴太郎は見送った。

旋風が去っていった後とはこんな感じなんだろうか。なんだかいっぺんに疲れた気分で、作業場へ向かった。茂市はともかく、なぜ幸次郎までついてくるのだろう。不思議に思った晴太郎に、茂市が声を掛けた。

「坊ちゃま方、どういたしやしょう」

幸次郎が晴太郎をちらりと見てから答える。

「まずは、お糸の話が本当かどうか、確かめるのが先でしょうね」

すっかり忘れてた、と呟きそうになって慌てて呑み込む。幸次郎とお糸の間に入ってぐったりしているところに、真面目にやれと、当の幸次郎に追い打ちをかけられるのは、遠慮したい。晴太郎は柏の葉を卸してくれる男を思い起こした。去年、一昨年の端午の時分、まだ二度しか顔を合わせていないけれど、生真面目で人のよさそうな男だ。届けてくれる葉の質の良さにも、実直さが滲んでいるようだったのを覚えている。

「叔父さんの持ち掛ける話に乗るようなお人には、見えなかったけどなあ」

「仕方ありませんよ。誰だって生きていかなけりゃいけませんから」

憤っているかと思いきや、幸次郎は少し哀しそうな眼で、淡々と晴太郎に応じた。

何故だろう。晴太郎は唇を噛んだ。

別にいいじゃないか、と心の底から思う。昔からの味を捨てようが、商いの仕方を少しばかり変えようが、『百瀬屋』は揺るがない。父の味を懐かしむ人々が『藍千堂』に流れてくるのは、仕方のないことだ。そういう道を『百瀬屋』は選んだのだから。ちっぽけな『藍千堂』がじたばたしても、あの大きな店は痛くも痒くもないだろう。なのに、他人様を巻き込み、自分の娘を悲しませてまで、どうして――。

心の隅を過った思いつきに、晴太郎は凍りついた。

自分が菓子作りを諦めれば、全て丸く収まるのだろうか。

父が健在だった頃、叔父は明るくて優しい男だった。小さいながら、店の主だった茂市は職人に戻り、お糸の婿にと望まれていた幸次郎は、晴太郎について家を出た。

晴太郎が菓子作りにしがみ付かなければ、叔父に阿漕な真似をさせることもなく、色々な人に厄介をかけることもない。茂市は、自分の店を静かに営み、幸次郎は跡取りとして『百瀬屋』に戻る。

自分さえ――。

「晴坊ちゃま」

微かに咎める響きを帯びた声で茂市に呼ばれ、晴太郎は我に返った。

「ごめん。何でもない」

笑い掛けると、茂市は安心したように眼を細めた。何を考えているのか、茂市はいつもお見通しだ。

「茂市っつあん、それとなく確かめてもらえるかい」

「へえ、ようごぜぇやす」

「兄さん、私が」

晴太郎と茂市の遣り取りに、幸次郎が割って入った。

「古馴染みの茂市っつあんよりは、かえって私の方が本当のところを訊きやすいでしょう。お糸の話が間違いないとしたら、すぐにでも他を当たってみなければなりませんから、直に経緯を聞かせてもらった方が私も助かります」

少しの間、幸次郎の男らしく整った面を眺めて、晴太郎は「うん、頼むよ」と答えた。頭に血が上ってさえいなければ、幸次郎は誰より頼りになる。

「あんまり、失礼のないようにね」

「分かってます」

幸次郎は請け合ってから、軽く顔を顰めた。

「兄さんと茂市っつあんこそ、私の留守中、気をつけて下さい」

何のことやら、と茂市と顔を見合わせる。

「気易く味見なぞさせて、いくらなんでも人が良すぎます」

晴太郎は短く息を吐き出した。

「二人は柏の葉のことを知らせてくれたんだよ」

「お糸はともかく、岡の旦那は信用なりません」

「『伊勢屋』さんと懇意にしてる御方じゃないか」

「そのくせ、叔父とも堂々とつるんでる」

「つるんでる、って。幸次郎、お前ね」

宥めようとした晴太郎を、幸次郎は言葉に力を入れて遮った。

「四文の柏餅をやると知れたら、今度はどんな嫌がらせをされるか分かりませんからね。こちらが足許を固める前に、付け入られることがないよう、お願いしてるんです」

理詰めの言い合いで、幸次郎に勝てた例がない。加えて、四文の柏餅をやりたいと言ったのは自分だ。晴太郎は早々に諦めた。

「分かった。気をつけるよ」

幸次郎は、重々しく頷いて立ち上がった。

出掛ける弟を見送って、仕事に戻る。柏餅の出来栄えを確かめながら、晴太郎は茂市と幸次郎に心の中で詫びた。

二人に苦労をかけているのは分かっている。なのに、自分は菓子作りが捨てられない。

「一度決めたら諦めねぇ。文句も言わねぇ。そうでごぜぇやしたよね、晴坊ちゃま」

茂市に静かな声で諭され、晴太郎はいつの間にか俯いていた顔を上げた。

ここに『藍千堂』の暖簾を出した時、幸次郎と二人でした約束だ。茂市が柏餅のことを言っているのか、晴太郎の菓子作りを指しているのかは、分からなかった。晴太郎は、二度大きく息をして、茂市に笑いかけた。

苦労をかけている分、せめて約束は守らなければ。暖簾が変わったとはいえ、茂市が大切にしてきた店を潰す訳にはいかない。二人に報いるには、自分は前へ進むよりない。

「ねえ、茂市っつぁん、この味噌餡、もう少し甘い方が餅に合うような気がするんだけど、どう思う」

陽が暮れてようやく戻ってきた幸次郎は、とびきり苦い顔をしていた。

「どうにもなりません」

弱音を吐いたというよりは、呆れている物言いだ。

茂市の古馴染みの行商は、何度も幸次郎に頭を下げたのだという。

あちこちに顔が利く『百瀬屋』を敵に回しては、まともな商いが出来なくなる。今年の柏の葉は他に頼んでくれ、と。

他があればいいが。幸次郎の危惧は的中した。目利きを任せられるような行商には、軒並み逃げられた。柏の葉は、この時節ならではの売り物だ。うかうかしている間に品薄になるし、質のいい物から押さえられてしまう。『藍千堂』で使うものは「柏の葉の形をしていれば、何だっていい」という訳にはいかない。たまにやってもいいという奴を見つけても、怪しげな物ばかり扱っているし、相場よりかなり高い額をふっかけてくる。

「たかが柏餅の邪魔をするのに、ここまで手間暇と金子を掛けるとは、随分と私達を重く見てくだすっているらしい」

幸次郎は、楽しそうだ。

「さて、どうしますか。無事柏餅を売り出せるなら、この際少しばかり足が出るのは覚悟の上ですが」

「足が出るのは駄目だよ。一度決めたら諦めない。約束したじゃないか」

晴太郎は、幸次郎に胸を張ってからこっそり茂市に舌を出してみせた。

「『伊勢屋』さんにお願いしてみるかい」

晴太郎の考えに、今度は幸次郎が異を唱えた。

「あの方は、余程切羽詰まった時でないと、助けてはくれません。甘ったれるなと追い返されるのが関の山です」

眉間に皺を寄せて、幸次郎が唸る。

「いっそのこと顔でも隠して、露店から少しずつ直に買い付けますか」

「それだよ、幸次郎」

伸び上がって、晴太郎は叫んだ。幸次郎が厭な顔をする。

「顔を隠す、というのは、ほんの冗談ですよ」

「そうじゃなくて、直の方だよ」

咳き込みながら続ける。

「たしか、丁度八王子辺りで柏葉市が始まる頃だよね」

茂市が、ぽんと手を叩いた。

「あっちまで出向いて直に買い付ける。なるほど、そりゃいい」

「俺が行ってくる」

晴太郎は、即座に申し出た。

「わざわざ兄さんが行かなくても」

「いや、どうせなら自分で品定めしてみたいんだ。大丈夫、帰りは大荷物だから二日かかるとして、三日あれば充分だよ」

幸次郎は少し考えてから晴太郎に応じた。

「でしたら帰りに人足（にんそく）を頼んでください。一日で戻れます」

「お留守の間、作業場（こっち）はお任せくだせぇ」

二人の声も、弾んでいる気がする。幸次郎が悪戯な笑みを浮かべた。

「『百瀬屋（あちら）』を出し抜くのが、こんなに楽しいとは思いませんでしたよ」


旅支度を済ませた晴太郎が外へ出ると、七つの鐘が鳴った。夜明け前の空には星が瞬いている。心配顔で、八王子宿までの道のりを細々（こまごま）と伝え始めた幸次郎を、晴太郎は苦笑交じりで遮った。

「昨夜から幾度も聞いたよ」

「慣れない一人旅なんですから、これくらい念を入れた方がいいんです」

弟っていうより、お父っつあん、いや、おっ母さんみたいだ。

幸次郎の傍らの茂市をこっそり窺う。やはり笑いをかみ殺していた。

「旅っていっても八王子までなんだから、大丈夫」
言い置いて、早々に出立する。大仰に見送られるのが照れくさくて、少し嬉しかった。筋違御門近くで猪牙を頼み神田川を遡る。四谷御門の辺りからは歩いて千代田の御城の西、内藤新宿へ。甲州街道を更に西へ向かい、府中を過ぎ浅川を渡れば、八王子宿だ。急ぐ道だが、晴太郎は存分に一人旅を楽しんだ。進む程に濃くなる緑が目に沁みる。天気もいいし夏の初めの風は心地いい。日本橋で生まれ育った晴太郎に、街道沿いの景色は物珍しいものばかりだった。途中の茶店で食べた団子は、正直旨いものではなかったが、これも旅の愉しみだと思えば嬉しかった。一日歩いて、へとへとで辿りついた小さな旅籠の倹しい夕飯が矢鱈旨かった。

次の朝は早々に出立した。旅籠の女中から聞いた通り、甲州街道から陣馬街道に入り、水無瀬橋へ向かってみて、晴太郎は仰天した。浅川の川上、水無川の岸は色々なものでごった返していた。あちこちに積まれている柏の葉は、遠目で見てもこれはと目を瞠るような上質のものから、とてもではないが『藍千堂』の柏餅――たとえ四文でも――には使えないと思う葉まで、様々だ。男達は尻端折りやもろ肌脱ぎ、中には褌一丁になって、汗だくで立ち働いている。人出を見込んだか、饅頭や酒を商う露店もあちこちに出ている。だが、人よりも柏葉よりも晴太郎の眼を惹いたのは、荷馬だ。一体何頭いるのか分からない。

重い荷を括りつけられ、不服げに地面を掻いている馬、莚で作った小屋の後ろで一心不乱に餌を食んでいる食いしん坊に、川で水浴びをしているのんびりもの。これだけの馬を一度に見るのは、初めてだった。

「賑やかだなあ」

呟いたところで、くい、と後ろから袖を引かれて振り返り、また「うわ」、と驚く。長く大きい茶色の面と悪戯な黒い眼が、すぐ間近にあった。ぶふふん、と鼻息が顔に掛かる。馬だ。他の奴より一回り小さな鹿毛が、晴太郎の袖を咥えていた。

「旨いかい」

つい訊いてみたのは、その馬がやけに嬉しそうに見えたからだ。

「お前の主はどこだい」

勿論馬は答えない。

「困った、迷子かな」

「旦那あ、そいつは、あっしの馬でごぜぇやすう」

声の方を振り返ると、男が血相を変えてこちらへ走ってくるところだった。

「おや、お迎えだよ。よかったね」

ぶるる、と馬が頷いた。肩で息をしながら追いついた大男へ甘えるように鼻面を押し付ける。慌てていた男が、がっくりと肩を落とした。

「まったく、お前ぇってぇ奴は」

どうやら、この馬の迷子は今に始まったことじゃないらしい。面白く眺めていると、大男が晴太郎に頭を下げた。

「どうも、ご厄介をかけやして。こいつは落ち着きがなくてねぇ。ちょいと眼を離すと、すぐにどっかへ遊びに行っちまう。ああ、こりゃあ大変だ」

男が急にうろたえた声を上げたので、つられて視線の先を見る。道中羽織の袖、馬が食んだ辺りに、大きな染みが出来ていた。

「なんてことありません。この陽気ならじきに乾きますよ」

「面目ねぇ」

呑気な馬をひと睨みしてから、大男が首のあたりを擦り擦り、詫びた。それから改めて晴太郎を物珍しそうに上から下まで眺める。

「旦那、物見遊山かね」

確かに、馬に積めるだけ買い入れて江戸へ運ぶつもりの男達が集まる中、身軽な旅人の形をした晴太郎は奇妙に映るだろう。

「そういう訳じゃないんだけど」

なんとなく居心地が悪くなって、もぞもぞと言い訳をした。

日が暮れる少し前、晴太郎は『藍千堂』へ戻った。勝手へ迎えに出た幸次郎が、晴太郎と共にいる大男へ「ご苦労でした」と頷き掛ける。荷を運んできた人足だと思ったのだろう。男は首にかけていた手拭を慌ててとり、大店の主然とした幸次郎に、ぎくしゃくと頭を下げた。

馬が縁で知り合った男は、上恩方村の粂吉といった。毎年、市の頃には数人の仲間と山へ入り、柏の葉を採る。殆ど市で売ってしまうが、幾らかは江戸へ直に持ち込んで売り捌くのだそうだ。市で売るより高値が付くし、こういう時でもないと、華やかな江戸へはなかなか出られない。市中では菓子屋に卸すのではなく、自前で沢山の柏餅を仕込む金持ちの商家や、料理屋の勝手口を覗いて「買ってくれないか」と声を掛ける。そちらの方が「縁起物だから」と祝儀をくれたり、代金を弾んでくれたりすることが多いのだそうだ。次の新芽が芽吹くまで葉が落ちない柏は、「家が途切れず続く」に繋がる。家名安泰を願う縁起物に出し惜しみする者はそういない。晴太郎が『藍千堂』の事情を話したところ、馬が粗相をした詫び代わりにと、飛び切りの葉を譲り、それを神田まで運ぼうと申し出てくれたのだ。

「なるほど、商家や料亭へ直に売り歩く目利きのお人までは、あちらも手を回しきれなかった、という訳ですね」

「お陰で帰りの道中はそりゃあ楽しかったよ」

「兄がご厄介をおかけしました」

「い、いや、とんでもねぇ」

粂吉はひっくり返った声で幸次郎に応じてから、こそっと晴太郎へ耳打ちをした。

「こちらさんは、本当に旦那の弟さんですかい」

「あっちが兄みたいでしょう」

笑い混じりで囁き返した晴太郎を、幸次郎がひと睨みしてから話を変える。

「で、肝心の柏の葉はどうでした」

「それがねえ、粂吉さん達の柏の葉は、惚れ惚れするほど上等なんだよ」

晴太郎の弾んだ声を耳にしたか、奥から茂市も顔を出した。柏餅が二つ載った皿を手にしている。

「晴坊ちゃま、おかえりなさいやし」

「ただいま、茂市っつあん」

「そろそろお戻りになる頃かと思いやしてね。味噌餡をもうちっと甘くしたもんを作っておきやした」

晴太郎に告げてから、茂市は粂吉に頭を下げた。

「お疲れでごぜぇやしょう。甘いもんでもおひとつ、いかがです」

愛想良く差し出された皿を、粂吉は胡乱な眼で眺めている。「どうしました」と訊いた晴太郎に、顰め面を向けた。

「こりゃ、ひょっとして柏の葉ですかい」

晴太郎と茂市が眼で笑い合う。自分達と同じように、粂吉にも並々ならぬ拘りがあるようだ。

「急場しのぎですからね。葉は差っ引いて、味を見て下さい」

晴太郎が皿から二つ取り、ひとつを差し出すと、粂吉はようやく柏餅を手に取ったものの、不服げに眺めまわしている。零れかけた苦笑を呑み込み、晴太郎は先に柏葉を剝き、齧った。滑らかで丁度良い固さの餅の間から、甘みの強い味噌餡がはみ出す。香りのよい味噌に、こっくりとした黒糖の甘みが利いている。

「うん。いいね」

呟くと、茂市が嬉しそうな顔をした。つられて粂吉も一口、厳つい顔の小さな眼が丸くなった。

「旨ぇ」

餅の間から覗く味噌の匂いを嗅ぎ、「えらく良い匂いがしやすね」と感嘆の声を上げる。いつ見ても、誰のものでも、美味しさに綻ぶ顔を見るのは嬉しい。

「味噌と、黒砂糖の香りでごぜぇやす」

伝えた茂市に、粂吉は丸くしていた目を一回り大きく瞠って、「へぇえ」と返した。半分ほど残っていた餅を珍しそうに眺めてから、ぽい、と口へ放り込み、馬の背中の籠を下ろす。

「こいつを使やあ、もっと旨くなりやすよ」

粂吉の厳つい手が差し出した柏の葉を見て、茂市と幸次郎の眼の色が変わった。受け取った茂市が丁寧に確かめる。

「色艶、形もいい。柔らかさも厚みもいい塩梅だ。何より、いい緑の匂いがしやす」

「蒸した後も、飛び切りの匂いは変わらねぇ。幾度も山へ通って念入りに目利きしてるからね」

粂吉が胸を張った。柏餅を包んでいた葉を摘み上げ、しみじみと続ける。

「旨ぇ餅に、こんな碌でもねぇ葉を使っちゃあいけねぇよ、旦那」

畑は違えど、こういう頑固者と遣り取りをするのは、楽しい。晴太郎は浮き立つ心で、粂吉に告げた。

「お帰りの時、店に寄ってください。粂吉さん達の葉を使った飛び切りの柏餅を仕度しておきます」

　初めは遠慮していたものの、晴太郎がしつこく念を押した所為か、粂吉は上恩方村へ戻る朝、開けたばかりの店に顔を出した。深い緑色が残る葉に包まれた柏餅を見、村の仲間の分も土産を受け取り、日に焼けた顔が子供のように輝いた。来年も一番上等な葉を届けるからと請け合い、悪戯者の馬を引いて気のいい大男は、帰っていった。

　その日から売り出した柏餅は、早速大評判となった。

　店先の隅に小さな屋台を設え、そこで四文の柏餅を扱う。売り子には『伊勢屋』から若い女中が手伝いに来てくれた。ちょっと見には別の店に見えるように、幸次郎が考えてくれたのだ。お陰で、四文の客は気兼ねせず、上物の柏餅を求めにくる客は、物珍しそうに屋台を横目では見るものの、気分を害した様子もなく店の中まで進み、それぞれの買い物を済ませた。

『藍千堂』の盛況ぶりを耳にしたか、早々に『百瀬屋』が動いたらしい。柏餅を売り出した翌日、怒鳴り込んできた客がいた。前の日、ふらりと寄った『藍千堂』で上物の柏餅を買い、吉原へ繰り出したという大店の若旦那だ。

四文菓子を箱詰めして、進物向けと偽って売っているというのは本当か。馴染みの見世では通人で通っているのに、いい笑い者だ。

大変な剣幕の客を穏やかに宥めたのも、幸次郎だった。小豆餡の四文と上物を、客の見ている前で店先から取り上げて差し出す。

「どうぞ、味を比べて下さいまし。四文には四文、上菓子には上菓子の良さがございます。どちらがどちらでも、入れ替えて誤魔化すことなぞできません」

疑いの顔で一口ずつ頬張った客の顔が、青くなった。

元々四文の柏餅は一回り小振りに作ってあるから、見た眼で違いはすぐに分かる。食べれば更にはっきり差が分かるはずだ。三盆白と黒砂糖の違いが一番大きいが、四文の方は、小豆と餅用の米の質を一段ずつ落としている。小豆餡は、進物用は手間暇かけた上品な漉(こし)餡、四文は小豆の風味を生かした潰し餡。もうひとつ、四文に使う米粉は店で挽いているから、進物用に比べてほんの少し舌触りが荒いが、かえって素朴な餡と釣り合いが取れている。

「通人で通っておいでの方なら、違いがお分かり頂けましょう」

やんわりと念を押した幸次郎に、固い顔つきで若旦那は応じた。

「あ、ああ。昨夜花魁(おいらん)や新造達と食べたのは、こっちの上物と同じだった。邪魔をしたね、私もこれで安心したよ」

居合わせた客達の忍び笑いから逃げるように、若旦那は出ていった。それからの幸次郎の動きは素早かった。上物の柏餅を買った客には「食べ比べ用にどうぞ」と、上物と四文、ひとつずつ添えて渡した。食べ比べれば確かに違うが、四文も旨いと、瞬く間に噂は広まった。神田界隈では、『『藍千堂』の柏餅の食べ比べ」がちょっとした流行になり、進物用と同じ数だけ四文も箱詰めにしてくれと言い出す客もいた。

『百瀬屋』を出し抜くことに楽しみを見出した様子の幸次郎を余所に、晴太郎と茂市は目の回るような忙しさを味わった。足りなくなったら大変だと粂吉が言い張ったので、礼を兼ねて多めに買い入れた柏の葉も一枚残らず使った。

節句というと、どこの店も休みをとるのが常だが、『藍千堂』は、茂市の店だった頃から、端午の節句だけは、店を開けることにしている。今年の五月五日はいつにも増して盛況で、午過ぎには早々に全て売り切り、店じまいをしてから三人揃って近くの『亀乃湯』へ足を運んだ。

半端な刻限の湯屋は空いていて、先客は八つ時の休みに汗を流しに来ていたらしい大工二人くらいだ。大工達は、流し場の水を貯めた水舟の前で、人使いの荒い親方の悪口に花を咲かせている。晴太郎はざっと汗を流してから、早々に石榴口へ向かった。切妻破風の派手な石榴口には、瀬戸で作った亀が付けられていて、潜るたびに頬が綻んだ。誰もいない浴槽にゆっくり浸かる。ここ数日で溜めこんだ疲れが湯に溶けだしていくような心地に、晴太郎は浸った。すぐに幸次郎がやって来た。ふと思い立って、傍らの弟に訊いてみる。

「『食べ比べ』なんて、よくその場で思いついたね」

「それが私の仕事ですから」

得意げに返してから、幸次郎はぶっきらぼうに白状した。

「柏餅を売り始めた夜、お糸がこっそり文で報せてくれたんです。叔母さんが噂を流してるってね」

「そう、お糸が」

「お陰で、迎え討つ方策を一晩かけてじっくり練ることができました」

「それにしたって、大したもんだ」

幸次郎の機転と商才は、並ではない。『藍千堂』には勿体ない。胸を過った鈍い痛みを、湯に深く浸かることで晴太郎は誤魔化した。

大工達は先に上がったのか、賑やかな声は少し前から止んでいる。石榴口の向こう、湯気に霞む流し場の茂市の背中が、しんみりと笑っているように見えた。

「助けてもらったのに、不機嫌だなあ」

晴太郎がからかうと、幸次郎は更に渋い声で続けた。

「岡の旦那にも、どうやら助けて頂いたようです」

「へえ、どんな」

「食べ比べの話を広めてくだすったとか。幾人もの御客さんから、『八丁堀の旦那方の間で大層評判らしいね』と、伺いました。全く、敵なのか味方なのか、分からないお人だ」

「じゃあ、二人には礼をしないといけないな」

　幸次郎の返事はない。

「ねえ、幸次郎」

「分かってます」

　意固地な返事が子供のようで、晴太郎は先だっての夢を想い出してほろ苦い気分になった。


　次の日、『藍千堂』には普段の静けさが戻っていた。晴太郎と茂市は、誂え物の上菓子をじっくり作り、幸次郎は時折訪れる通りがかりの客の相手を務める。昼過ぎ、出来たての上菓子の試作を店先に持っていった折、幸次郎が兄を見ずに、飛び切り不機嫌に告げた。

「兄さんが四文柏餅を作りたいと言った訳、食べてみて分かった気がします」

晴太郎が黙っていると、弟は遠い目をした。

「子供の頃隠れて食べたおとっつあんの柏餅の、懐かしい味がしました」

襟から覗く照れ屋の弟の首が淡い朱に染まっている。

そうだね、と晴太郎は小さく応じた。

編者解説

細谷正充

現在の日本は〝食〟の大国である。定番の食べ物から、各地の郷土食に、世界の料理。比較的リーズナブルな値段で、多種多様な美味しいものが味わえるのである。これは日本人が、食べることが大好きだからだろう。その気持ちは、小説にも向けられている。さまざまな時代を舞台にして、食に関する物語が溢れているのだ。

時代小説についていえば、読者の関心を食に向けさせたのは、池波正太郎の力であろう。若い頃から食べ歩きをしていたという池波は、とにかく美味しいものを食べるのが大好き。食に関するエッセイ集を、何冊も出版している。また、「鬼平犯科帳」「剣客商売」「仕掛人・藤枝梅安」の三大シリーズでは、食事や料理のシーンがふんだんに盛り込まれている。これがとにかく美味しそう。そのように思う人は多く、各シリーズの料理に関する本も出版されているほどだ。

このような下地があって、文庫書き下ろし時代小説を中心に、食を題材にした作品が激増する。しばらくすると菓子を扱う作品も増え、今や一大ジャンルとなっているのだ。本書は、その膨大な作品群から、八作品をピックアップしたアンソロジーである。

「蕎麦切おその」池波正太郎

東海道藤沢宿の旅籠「桔梗屋」の名物は、中庭にある〔蕎麦どころ〕で、女中のお園が作る蕎麦であった。美味しいだけではなく、出来上がった蕎麦玉を彼女が投げ、必ず客の持つ椀か、膝の前の笊の中に命中するというパフォーマンスも話題になっている。だが人気者になったお園の態度が大きくなる。さらに妊娠したが、相手が誰かを頑なにいわない。桔梗屋が置いている飯盛女から、相手が店の主人だと吹き込まれ、疑心暗鬼に陥った女房は、ついにお園をたたき出すのだった。

お園は、蕎麦切もしくは蕎麦掻きしか食べられないという特異体質だ。性格に問題があり、どこかに落ち着くことも出来ない、根本的な原因は、特異体質に対するコンプレックスといっていい。だが、ある悲劇に見舞われることにより、彼女の特異体質が改善される。禍福は糾える縄の如し。不可思議な人の心を、作者は鮮やかに表現しているのだ。

なお作者は取材などで訪れた信州上田に、お気に入りの蕎麦屋を持っていた。それもあってか作品に信州蕎麦が登場することがある。本作の蕎麦がどうなのかは分からぬが、主人公の出身地が信州なので、やはり信州蕎麦ではなかろうか。

「塩むすび」笹沢左保

六歳の〝おみつ〟は、深川で辻占売りをしている。だがその日は大雪で、人影は疎らであった。捨て子だったおみつを拾って育ててくれた養母のお甲は、亭主が死んでから生活が苦しくなり、彼女を邪慳にしている。そんなおみつに救いの手が差し伸べられた。このときの彼女の選択に大きく影響したのが〝塩むすび〟なのだ。ショートショートなのでこれ以上は書かないが、厳しい日々の中でも失われない親子の絆を表現した逸品だ。

「こはだの鮓」北原亞以子

物語の冒頭に〝近頃は、にぎり鮓というものもできたそうだが〟とあるので、時代は文政年間であろう。浅草諏訪町の葉茶屋で働く作兵衛は、顔見知りの鮓売りの与七から、売れ残ったこはだの鮓を貰った。といってもにぎり鮓ではなく、飯にこはだを乗せて押したなれ鮓だ。今夜の楽しみにするつもりの作兵衛だったが、鮓は十二、三個ある。ひとつだけと手を伸ばすのだった。

ちょっとだけのつもりで食べ始めたら、美味しくて止められなくなる。このような体験は、誰にでもあるだろう。そんな場合の心理の綾を、作者は見事に書き尽くしている。だからニヤニヤしながら読んでいたら、ラストで真顔にさせられた。短い物語の中に、人の心の機微が凝縮されているのである。

「蟹」乙川優三郎

藩の中老の娘だが庶子であるため、持て余されていた志乃。たらい回しのように、結婚と離婚を繰り返す。そんな彼女の三人目の結婚相手は、十俵二人扶持の柔術師範の岡本岡太であった。顔合わせで家を訪ねると、いきなり岡太の料理した丸蟹を振舞われる。変な人だと思いながら志乃は、蟹の旨さに舌鼓を打つ。そして夫婦になった二人だが、それぞれに過去を抱えていた。

本作は、日本文藝家協会編の『代表作時代小説　平成十二年度』に収録されている。その際に添えられた「作者の言葉」で、育った町で食べた渡り蟹やキンチャク蟹が、大きな蟹にはない海の味がしたといい、「残念ながら、たかだか数十年の間にその味はなくなり、いまとなっては想像するしかないのだから、江戸時代ともなれば、わたしたちが想像できる以上に素朴でおいしいものがたくさんあったかも知れない」と、記している。きっと本作の丸蟹も素朴で美味しいものなのだろう。同時に、本作そのものが素朴な美味しい物語になっている。一波乱の先にあるハッピーエンドを予感させるラストまで、その味わいを楽しんでほしい。

「鯉」岡本綺堂

日清戦争が終わった年のことである。川魚料理の店に行った、若者揃いの一団の中に、ひとりだけ梶田という老人がいた。なぜか出てきた鯉の洗肉(あらい)に手を付けない梶田は、鯉が嫌いなのかと聞かれて、嘉永六年の奇妙な出来事を話す。『半七捕物帳』や『三浦老人昔話』がそうだが、老人が年若い者に昔話をするというスタイルは、作者の得意とするところである。

そして梶田の話も、実に綺堂らしい。下谷の不忍池で捕れた、途方もなく大きい鯉を巡り騒動が起こり、後に関係者たちの身に不幸が起こる。なかでもこの件で一両を儲けた旗本の次男の桃井弥三郎の運命が不気味極まりない。因果応報のように見えて、どこか割り切れない不条理感がある。その割り切れなさが、本作の妙味になっているのだ。

「隠し味」土橋章宏

この作品は、七人の作家が「鬼平犯科帳」シリーズの世界に挑んだトリビュート・アンソロジー『池波正太郎と七人の作家　蘇える鬼平犯科帳』に収録されている。物語の主人公は、材木商で財を成した善次郎が道楽でやっている、深川の一膳飯屋〔萩屋〕の料理人の利吉。だが彼の正体は、盗賊・凪の藤兵衛一味の〔引き込み役〕であった。二年半も〔萩屋〕で真面目に働く利吉を善次郎は気に入り、娘を娶らせようとする。一方で、藤兵衛が急死。残された一味は、外道な急ぎ働きをするという。二つの世界の間で、利吉の心は揺れるのだった。

まるで本家「鬼平」のようなストーリーが素晴らしいが、食という点で注目すべきは、利吉の作るふろふき大根である。初老の浪人から、どこかで食べた味だが、ひとつ足りぬものがあるといわれる。この、ふろふき大根の使い方が巧みだ。食を愛した池波正太郎に捧げるに相応しい逸品なのである。

「うどん屋剣法」山手樹一郎

藩家老の息子として育ち、根拠のない自信を持っていた秋葉大輔は、自慢の剣で義兄に負け、天狗の鼻をへし折られる。自暴自棄になった大輔だが、ひとりの女性との出会いが、彼を変えていく。自分を見つめ直し、鍋焼うどんの内職をしながら、剣の腕を磨くのだった。やがて義兄との再戦の機会が巡ってきたことで、大輔はやる気に燃えるのだが……。

山手樹一郎は長篇だけでなく、膨大な短篇も残してくれた。どれも面白いのだが、特に好きな作品のひとつが本作である。物語の世界が、とにかく気持ちいいからだ。鍋焼うどんを開業する一方、伊庭軍兵衛の道場に入門して修行をやり直している大輔は、道場で「うどん屋」と揶揄(やゆ)される。だが、「うどん屋、結構、少しも恥ずることはない。親の脛っかじりより余程ましだ。わしも贔屓にしてやるから、毎晩廻って来い」と軍兵衛にいわれ、目をかけてもらうようになるのだ。また、鍋焼うどんにケチをつけてただ食いをしようとする客も、大輔の態度を見て心を改める。そしてラスト明らかになる、義兄が彼をコテンパンにした真意。一度は挫折した若者が、大人たちに見守られ、真っすぐに成長していく。鍋焼うどんのように、温かい話なのだ。

「四文の柏餅」田牧大和

アンソロジーの締めの一品は、デザートにしよう。本作は、神田相生町の片隅にある上菓子司「藍千堂」を舞台にした、人気作「藍千堂菓子噺」シリーズの第一話だ。主の晴太郎は天才肌の菓子職人で、善良な性格であるが、経営能力はない。菓子作り以外の一切を面倒見ているのが、晴太郎の弟の幸次郎だ。そこに職人の茂市も加わり、三人で店を回している。

なんとか店は軌道に乗りそうだが、晴太郎が四文菓子を作りたいと言い出した。それでは上菓子を求める客が離れると反対する幸次郎だが、結局は押し切られてしまう。さらに兄弟の生家で、今は叔父が仕切っている菓子司「百瀬屋」が、妨害工作を仕掛けてきた。作者はシリーズの基本設定を手際よく紹介しながら、晴太郎が四文菓子を作ろうとした理由を、ラストで披露する。また、晴太郎は常に、「自分の菓子を食べた人に、いい顔をしてもらいたい」と思っているのだ。これは作者の小説家としての想いでもあろう。事実、この話を読んだ私は、いい顔になってしまった。

以上八篇、食の種類が重ならず、読み味も違う作品を集めてみた。江戸の食のフルコースを、存分に堪能していただきたい。

本文中に、今日の人権意識に照らして不適切な語句や表現が見られますが、執筆当時の社会的・時代的背景と作品の文化的価値に鑑みて、そのままとしました。

本書は中公文庫オリジナルです。

中公文庫

味と人情
——食の時代小説傑作選

2025年4月25日　初版発行

編　者　細谷 正充

発行者　安部 順一

発行所　中央公論新社
〒100-8152　東京都千代田区大手町1-7-1
電話　販売 03-5299-1730　編集 03-5299-1890
URL https://www.chuko.co.jp/

ＤＴＰ　ハンズ・ミケ
印　刷　三晃印刷
製　本　フォーネット社

Published by CHUOKORON-SHINSHA, INC.
Printed in Japan　ISBN978-4-12-207647-1 C1193

定価はカバーに表示してあります。落丁本・乱丁本はお手数ですが小社販売部宛お送り下さい。送料小社負担にてお取り替えいたします。

中公文庫既刊より

各書目の下段の数字はISBNコードです。978－4－12が省略してあります。

に-9-4
まぼろしの軍師　新田次郎歴史短篇選
新田次郎
細谷正充 編
山本勘助実在の謎にせまる表題作ほか、歴史短篇八篇に、単行本未収録のショートショート「トンボ突き」を付した傑作集。著者の多彩な文業を堪能できる一冊。
207248-0

ほ-24-1
史実は謎を呼ぶ　時代ミステリ傑作選
細谷正充 編
菊池寛から、風野真知雄、上田秀人まで。出世作、隠れた名作など、戦国から明治の実在の人物・史実に依拠した時代ミステリ全7篇を精選。文庫オリジナル。
207510-8

い-8-8
青春忘れもの　増補版
池波正太郎
小卒の株仲買店の小僧が小説家として立つまで――。著者の創作のエッセンスが詰まった痛快な青春記。短篇小説「同門の宴」を併録。〈解説〉島田正吾
206866-7

い-8-9
食卓のつぶやき
池波正太郎
幼き日の海苔弁当から大根の滋味に目覚めるまで。東京下町から仙台、フランス、スペインまで。味と人をめぐる美味しい話。〈巻末対談〉荻昌弘「すきやき」
207134-6

い-8-10
チキンライスと旅の空
池波正太郎
自分が生まれた日の父の言葉、初めての人と出会う旅の醍醐味、薄れゆく季節感への憂い……国民作家が語る食、旅、暮し。座談会「わたくしの味自慢」収録。
207241-1

さ-16-11
アリバイ奪取　笹沢左保ミステリ短篇選
笹沢左保
日下三蔵 編
アリバイが消えたとき、笑うのは誰だ？　本格推理から、著者の真骨頂たる宿命小説まで、バラエティに富んだ作品八篇を収録した傑作選。文庫オリジナル。
207258-9

お-78-1
三浦老人昔話　岡本綺堂読物集一
岡本綺堂
死んでもいいから背中に刺青を入れてくれと懇願する若者、置いてけ堀の怪談――岡っ引き半七の友人、三浦老人が語る奇譚の数々。〈解題〉千葉俊二
205660-2